검은 토요일에 부르는 노래

검은 토요일에 부르는 노래

베르톨트 브레히트

박찬일 옮김

Hauspostille
Bertolt Brecht

일러두기

1. 이 책은 베르톨트 브레히트의 첫 시집 『가정기도서(Hauspostille)』를 우리말로
   번역한 것이다.

『가정기도서』는 독자가 사용하도록 의도되었다. 무심히 먹어치우듯 읽어선 안 될 일이다. 1부(제1과) '기원 행렬'은 독자의 감성에 직접 파고든다. 너무 많이 한꺼번에 읽어 치우지 말기를 권한다. 오로지 아주 건강한 사람들이 감성에 호소하는 이 과를 사용해야 할 것이다. 2부(제2과) '정신 수련'은 오성에 더 호소하는 경우다. 여러 읽을거리를 천천히, 그리고 반복해서 읽는 게 좋다. 단순하게 접근하는 것은 금물이다. 여기에 포함된 여러 금언 및 직접적 지침들이 인생에 관해 여러 개안을 가져다줄 것으로 믿는다. 3부(제3과) '연대기'는 자연의 폭력이 거칠어질 때 펼쳐 보는 것이 좋다. 자연의 폭력이 거칠어지는 때(호우, 폭설, 파산 등) 낯선 이국에 사는 대담한 남자 및 여자의 모험들에서 힘을 얻을 수 있다. 연대기는 또한 응당 받아들여야 할 일을 담고 있으므로 초등학교 독본용으로도 고려될 수 있다. 연대기들을 낭송할 때 담배 피울 것을 권한다. 목소리 보조 수단으로 현악기가 화음을 넣어 줄 수 있다. 4부(제4과) '마하고니 노래들'은 부(富)의 시간에(호주머니가 두둑해졌을 때가) 적격이고, 육체적 의식을 가질 때(육욕에 휩싸였을 때), 자기 주체를 못할 때(방자해졌을 때) 적격이다.(제4과는 그러므로 아주 소수의 독자들을 위해 고려된 것이다.) 독자들은 목소리와 감정에서 고도의 볼륨을 갖고 소리와 감정을 최대한 발휘해서 (그렇지만 몸은 쓰지 말고) 노래를 부르면 좋겠다.
　　……

베르톨트 브레히트

차례

1부

기원 행렬

Apfelböck oder Die Lilie auf dem Felde

1

Im milden Lichte Jakob Apfelböck
Erschlug den Vater und die Mutter sein
Und schloß sie beide in den Wäscheschrank
Und blieb im Hause übrig, er allein.

2

Es schwammen Wolken unterm Himmel hin
Und um sein Haus ging mild der Sommerwind
Und in dem Hause saß er selber drin
Vor sieben Tagen war es noch ein Kind.

3

Die Tage gingen und die Nacht ging auch
Und nichts war anders außer mancherlei
Bei seinen Eltern Jakob Apfelböck
Wartete einfach, komme was es sei.

4

Als die Leichen rochen aus dem Spind
Da kaufte Jakob eine Azalee
Und Jakob Apfelböck, das arme Kind

아펠뵈크 혹은 들의 백합화[1]

1
부드러운 불빛 속에서 야콥 아펠뵈크는
자기 아버지와 어머니를 때려죽였다.
빨래통 속에 넣어 잠갔고,
집에 계속 머물러 있었다, 혼자서.

2
구름이 하늘 아래로 흘러갔고
집 주위로 여름 바람이 부드럽게 불었다.
집 안에 야콥 아펠뵈크는 혼자 있었다.
일주일 전만 해도 그는 아직 어린아이였는데.

3
낮이 지나갔고, 밤이 계속 지나갔다.
달라진 것이라곤 거의 없는 듯,
부모의 시신 옆에서 야콥 아펠뵈크는
그냥 기다리고 있었다, 무엇이든 올 테면 오라.

4
장에서 시체 썩는 내가 났고
야콥은 진달래꽃을 사 왔다.
야콥 아펠뵈크, 이 불쌍한 아이는

Schlief von dem Tag an auf dem Kanapee.

5

Es bringt die Milchfrau noch die Milch ins Haus
Gerahmte Buttermilch, süß, fett und kühl.
Was er nicht trinkt, das schüttet Jakob aus
Denn Jakob Apfelböck trinkt nicht mehr viel.

6

Es bringt der Zeitungsmann die Zeitung noch
Mit schwerem Tritt ins Haus beim Abendlicht
Und wirft sie scheppernd in das Kastenloch
Doch Jakob Apfelböck, der liest sie nicht.

7

Und als die Leichen rochen durch das Haus
Da weinte Jakob und ward krank davon.
Und Jakob Apfelböck zog weinend aus
Und schlief von nun an nur auf dem Balkon.

8

Es sprach der Zeitungsmann, der täglich kam:

이날부터 긴 소파에서 잠잤다.

5
우유 배달 아줌마가 예전처럼 우유를 집 안으로 가져다주었다,
기름기를 뺀 버터 우유, 달고 시원한 우유를.
야콥은 마시지 않은 것은 쏟아 버렸다,
그럴 것이 야콥이 더는 많이 못 마시기 때문에.

6
신문 배달부가 예전처럼 신문을 가져왔고
무거운 발걸음으로, 저녁 불빛이 비출 때
신문이 우편함 속에 덜커덩 떨어지는 소리가 들렸으나
야콥 아펠뵈크는 신문을 읽지 않는다.

7
시체 냄새가 집 안에 퍼져 나갔을 때
야콥은 울었고 그것을 괴로워했다.
야콥 아펠뵈크는 울면서 밖으로 나갔고,
그때부터 발코니에서만 잠을 잤다.

8
매일 오는 신문 배달부가 말했다,

Was riecht hier so? Ich rieche doch Gestank.
In mildem Licht sprach Jakob Apfelböck:
Es ist die Wäsche in dem Wäscheschrank.

9
Es sprach die Milchfrau einst, die täglich kam:
Was riecht hier so? Es riecht, als wenn man stirbt!
In mildem Licht sprach Jakob Apfelböck:
Es ist das Kalbfleisch, das im Schrank verdirbt.

10
Und als sie einstens in den Schrank ihm sahn
Stand Jakob Apfelböck in milden Licht
Und als sie fragten, warum er's getan
Sprach Jakob Apfelböck: Ich weiß es nicht.

11
Die Milchfrau aber sprach am Tag danach
Ob wohl das Kind einmal, früh oder spät
Ob Jakob Apfelböck wohl einmal noch
Zum Grabe seiner armen Eltern geht?

무슨 냄새지? 썩는 냄새잖아.
부드러운 불빛 속에서 야콥 아펠뵈크는 말했다,
빨래통 속에 있는 빨래 냄새예요.

9
매일 오는 우유 배달 아줌마도 말한 적이 있었다,
무슨 냄새지? 사람 죽은 냄새잖아!
부드러운 불빛 속에서 야콥 아펠뵈크는 말했다,
빨래통 속에서 썩고 있는 송아지 고기 냄새예요.

10
그들이 마침내 빨래통 속을 보았을 때,
야콥 아펠뵈크는 부드러운 불빛 속에 서 있었고
그들이 왜 이런 일을 저질렀는지 물었을 때,
야콥 아펠뵈크는 말했다, 몰라요.

11
우유 배달 아줌마가 그 후 어느 날 말했다,
저 아이가 언젠가 한 번,
야콥 아펠뵈크가 한 번쯤이라도
불쌍한 부모 무덤에 가 보기나 할까?[2]

(1919)

15

Von der Kindermörderin Marie Farrar

1

Marie Farrar, geboren im April
Unmündig, merkmallos, rachitisch, Waise
Bislang angeblich unbescholten, will
Ein Kind ermordet haben in der Weise:
Sie sagt, sie habe schon im zweiten Monat
Bei einer Frau in einem Kellerhaus
Versucht, es abzutreiben mit zwei Spritzen
Angeblich schmerzhaft, doch ging's nicht heraus.
Doch ihr, ich bitte euch, wollt nich in Zorn verfallen
Denn alle Kreatur braucht Hilf von allen.

2

Sie habe dennoch, sagt sie, gleich bezahlt
was ausgemacht war, sich fortan geschnürt
Auch Sprit getrunken, Pfeffer drin vermahlt
Doch habe sie das nur stark abgeführt.
Ihr Leib sei zusehends geschwollen, habe
Auch stark geschmerzt, beim Tellerwaschen oft.
Sie selbst sei, sagt sie, damals noch gewachsen.
Sie habe zu Marie gebetet, viel erhofft.
Auch ihr, ich bitte euch, wollt nicht in Zorn verfallen

영아살해자 마리 파라르에 관하여

1

마리 파라르, 4월 태생, 미성년자,
구루병, 고아인 것 빼고는 드러낼 게 없는 여자,
지금까지 책잡힐 일 없이 살아왔다는 그녀가
한 아이를 살해했다 주장한다,
임신 2개월째 접어들었을 때 벌써
여자 주인집 어느 지하실에서
두 번의 주사로 아이를 떼려고 했다 한다.
고통스러웠으나 아이는 안 나왔다 한다.
그대들에게 청하노니, 분노하지 말기를,
피조물은 모든 피조물의 도움이 필요하다네.[3]

2

파라르는 저지른 일에 대해 동등한 대가를
치렀다 한다. 계속 허리띠를 졸라맸으며
소주에 후추를 갈아 마시기도 했다 한다.
전혀 소용이 없었다 한다.
배는 눈에 띄게 불러 왔으며, 접시를 닦을 때
심한 통증이 자주 왔다 한다.
당시 아직 성장 중이던 파라르,
마리아에게 기도하며 많이 의지했다 한다.
그대들에게 청하노니, 분노하지 말기를,

Denn alle Kreatur braucht Hilf von allen.

3

Doch die Gebete hätten, scheinbar, nichts genützt.
Es war auch viel verlangt. Als sie dann dicker war
Hab ihr in Frühmetten geschwindelt. Oft hab sie geschwitzt
Auch Angstschweiß, häufig unter dem Altar.
Doch hab den Zustand sie geheimgehalten
Bis die Geburt sie nachher überfiel.
Es sei gegangen, da wohl niemand glaubte
Daß sie, sehr reizlos, in Versuchung fiel.
Und ihr, ich bitte euch, wollt nich in Zorn verfallen
Denn alle Kreatur braucht Hilf von allen.

4

An diesem Tag, sagt sie, in aller Früh
Ist ihr beim Stiegenwischen so, als krallten
Ihr Nägel in den Bauch. Es schüttelt sie.
Jedoch gelingt es ihr, den Schmerz geheimzuhalten.
Den ganzen Tag, es ist beim Wäschehängen
Zerbricht sie sich den Kopf; dann kommt sie drauf
Daß sie gebären sollte, und es wird ihr

피조물은 모든 피조물의 도움이 필요하다네.

3
보기에 기도들은 소용없는 듯했다.
지나친 요구였는가. 몸은 더 불었고
파라르는 새벽 미사 때 어지러움을 느꼈다. 제단으로
갈 때 자주 식은땀이 흘러내렸다.
나중에 애가 태어날 때까지 그러나
아무 말도 하면 안 됐다.
그럴 것이 아무도 믿지 않았을 터, 매력 하나 없는
파라르가 유혹에 걸려들었다니?
그대들에게 청하노니, 분노하지 말기를,
피조물은 모든 피조물의 도움이 필요하다네.

4
그날 이른 새벽이었다 한다.
계단 청소를 하던 중, 손톱이 배를 할퀴는
것 같았다. 몸이 뒤집어지는 것 같았다.
그렇다고 고통을 내세울 수 없었다.
빨래를 널면서 하루 종일 파라르는 머리가
빠개질 정도로 아팠다. 마침내
아이를 낳아야 할 때가 온 것, 그녀의 가슴 언저리가

Gleich schwer ums Herz. Erst spät geht sie hinauf.
Doch ihr, ich bitte euch, wollt nich in Zorn verfallen
Denn alle Kreatur braucht Hilf von allen.

5

Man holte sie noch einmal, als sie lag
Schnee war gefallen, und sie mußte kehren.
Das ging bis elf. Es war ein langer Tag.
Erst in der Nacht konnt sie in Ruhe gebären.
Und sie gebar, so sagt sie, einen Sohn.
Der Sohn war ebenso wie andere Söhne.
Doch sie war nicht, wie andre Mütter sind, obschon ——
Es liegt kein Grund vor, daß ich sie verhöhne.
Auch ihr, ich bitte euch, wollt nich in Zorn verfallen
Denn alle Kreatur braucht Hilf von allen.

6

So laßt sie also weiter denn erzählen
Wie es mit diesem Sohn geworden ist
(Sie wolle davon, sagt sie, nichts verhehlen)
Damit man sieht, wie ich bin und du bist.
Sie sagt, sie sei, nur kurz im Bett, von Übel-

금방 무거워졌다. 저녁 늦게서야 그녀는 위층에 올라갔다.
그대들에게 청하노니, 분노하지 말기를,
피조물은 모든 피조물의 도움이 필요하다네.

5
누워 있는데 파라르는 한 번 더 불려 갔다,
눈이 내렸고 그녀는 눈을 치워야 했다.
돌아오니 11시였다. 정말 긴 하루였다.
한밤중에야 그녀는 편히 출산할 수 있었다.
파라르는 아들을 낳았다 말한다.
다른 아들들과 같은 아들이었다.
그렇지만 파라르는 다른 엄마들과 같은 엄마는 아니었다.
그렇더라도 내가 그녀를 비난할 이유가 없으니.
그대들에게 청하노니, 분노하지 말기를,
피조물은 모든 피조물의 도움이 필요하다네.

6
아들에게 어떤 일이 일어났는지
내가 계속 설명하려고 한다.[4]
(파라르는 아무것도 숨기지 않겠다 했다.)
내가 누구고 네가 누군지 사람들이 알게 하련다.
파라르가 잠깐 침대에 있을 때 심한

keit stark befallen worden, und allein
Hab sie, nicht wissend, was geschehen sollte
Mit Mühe sich bezwungen, nicht zu schrein.
Und ihr, ich bitte euch, wollt nich in Zorn verfallen
Denn alle Kreatur braucht Hilf von allen.

7

Mit letzter Kraft hab sie, so sagt sie, dann
Da ihre Kammer auch eiskalt gewesen
Sich zum Abort geschleppt und dort auch (wann
weiß sie nicht mehr) geborn ohn Federlesen
So gegen Morgen Zu. Sie sei, sagt sie
Jetzt ganz verwirrt gewesen, habe dann
Halb schon erstarrt, das Kind kaum halten können
Weil es in den Gesindabort hereinschnein kann.
Und ihr, ich bitte euch, wollt nich in Zorn verfallen
Denn alle Kreatur braucht Hilf von allen.

8

Dann zwischen Kammer und Abort —— vorher, sagt sie
Sei noch gar nichts gewesen —— fing das Kind
Zu schreien an, das hab sie so verdrossen, sagt sie

욕지기가 엄습했다 한다. 혼자서,
무슨 일이 일어나는지도 모르고
소리를 안 지르려 무진 애썼다 한다.
그대들에게 청하노니, 분노하지 말기를,
피조물은 모든 피조물의 도움이 필요하다네.

7
방이 몹시 추웠으므로 그녀는 안간힘을 다해
거의 기다시피 변소로 가서
거기서 (언제인지는 모르지만) 바로
애를 낳았다 한다. 아침이 오고 있었다 한다.
파라르는 전혀 정신이 없었고
몸이 반쯤 언 까닭에
애를 추스릴 수 없었다 한다.
하인들 변소는 눈발이 새어 들어올 정도로 엉성했다.
그대들에게 청하노니, 분노하지 말기를,
피조물은 모든 피조물의 도움이 필요하다네.

8
방과 변소 사이에서 ― 그때까지는
아무 일도 없었다 한다. ― 애가 큰 소리로
울기 시작했다. 파라르는 아주 화가 나서

Daß sie's mit beiden Fäusten, ohne Aufhörn, blind
So lang geschlagen habe, bis es still war, sagt sie.
Hierauf hab sie das Tote noch durchaus
Zu sich ins Bett genommen für den Rest der Nacht
Und es versteckt am Morgen in dem Wäschehaus.
Doch ihr, ich bitte euch, wollt nicht in Zorn verfallen
Denn alle Kreatur braucht Hilf von allem.

9

Marie Farrar, geboren im April
Gestorben im Gefängnishaus zu Meißen
Ledige Kindesmutter, abgeurteilt, will
Euch die Gebrechen aller Kreatur erweisen.
Ihr, die ihr gut gebärt in saubern Wochenbetten
Und nennt 'gesegnet' euren schwangeren Schoß
Wollt nicht verdammen die verworfnen Schwachen
Denn ihre Sünd war schwer, doch ihr Leid groß.
Darum ihr, ich bitte euch, wollt nicht in Zorn verfallen
Denn alle Kreatur braucht Hilf von allen.

두 주먹으로 애가 조용해질 때까지 계속해서
마구 때렸다 한다.
죽은 애를 자신의 침대에 바로 데려와서
남은 밤을 보냈다 한다.
아침에는 세탁실에 숨겼다 한다.
그대들에게 청하노니, 분노하지 말기를,
피조물은 모든 피조물의 도움이 필요하다네.

9
4월에 태어나 마이센의 감옥에서 죽은
마리 파라르가, 유죄가 확정되어
세상을 뜬 미혼모 마리 파라르가, 그대들에게
피조물의 나약함을 증명하려고 한다.
깨끗한 분만 침대에서 애를 낳고
임신한 배에 '축복한다' 말하는 그대들이여,
타락한 자, 약한 자들을 저주하지 말기를.
죄가 무거웠으나 고통도 컸도다.
그러니 그대들에게 청하노니, 분노하지 말기를,
피조물은 모든 피조물의 도움이 필요하다네.

(1922)

Das Schiff

1

Durch die klaren Wasser schwimmend vieler Meere
Löst ich schaukelnd mich von Ziel und Schwere
Mit den Haien ziehend unter rotem Mond.
Seit mein Holz fault und die Segel schlissen
Seit die Seile modern, die am Strand mich rissen
Ist entfernter mir und bleicher auch mein Horizont.

2

Und seit jener hinblich und mich diesen
Wassern die entfernten Himmel ließen
Fühl ich tief, daß ich vergehen soll.
Seit ich wußte, ohne mich zu wehren
Daß ich untergehen soll in diesen Meeren
Ließ ich mich den Wassern ohne Groll.

3

Und die Wasser kamen, und sie schwemmten
Viele Tiere in mich, und in fremden
Wänden freundeten sich Tier und Tier.
Einst fiel Himmel durch die morsche Decke
Und sie kannten sich in jeder Ecke

배

1

수많은 바다의 투명한 물을 가로질러 헤엄치면서
기우뚱대면서, 목적지와 무거움에서 떨어져 나가
상어들과 더불어 붉은 달빛 속을 유영하누나.
목재가 썩고 돛이 찢겨 나간 후부터
나를 해안에서 떼어 냈던 닻에서 곰팡이가 핀 후부터
지평선이 또한, 더 멀어지고 더 희미해졌네.

2

지평선이 희미해져 간 후부터, 먼 하늘들이
물에 나를 떠넘긴 후부터,
나는 깊이 깨달았네, 내가 소멸해야 하는 것을.
내가 이 바다들에서 몰락해야만 하는 것을
전혀 마음 켕겨 하지 않고 체득한 후부터,
아무 원망 없이 물에 나를 떠넘겼네.

3

물이 들어왔으며, 물과 함께 많은 동물들이
내 안에 떠다녔네. 낯선 벽과 벽들 사이에서
동물과 동물들이 즐거워했다네.
이윽고 허문 천장으로부터 하늘이 보였네.
동물들은 구석구석에서 서로 안면을 텄고,

Und die Haie blieben gut in mir.

4

Und im vierten Monde schwammen Algen
In mein Holz und grünten in den Balken:
Mein Gesicht ward anders noch einmal.
Grün und wehend in den Eingeweiden
Fuhr ich langsam, ohne viel zu leiden
Schwer mit Mond und Pflanze, Hai und Wal.

5

Möw und Algen war ich Ruhestätte
Schuldlos immer, daß ich sie nicht rette.
Wenn ich sinke, bin ich schwer und voll.
Jetzt, im achten Monde, rinnen Wasser
Häufiger in mich. Mein Gesicht wird blasser.
Und ich bitte, daß es enden soll.

6

Fremde Fischer sagten aus: sie sahen
Etwas nahen, das verschwamm beim Nahen.

상어들이 내 안에서 보금자리를 틀었고.

4
네 번째 달, 해초들이 목재 사이에서 유영했고,
대들보들을 녹색으로 물들였네.
내 얼굴에 한 번 더 변화가 온 것.
내장들이 녹의(綠衣)를 입은 듯 바람에 불려 가면서
천천히 나는 가고 있었네, 크게 고통스러워하지 않고,
달과 식물들, 상어와 고래와 함께 둔중하게.

5
갈매기와 해초들의 휴식처인 나,
내가 그들을 구제하지 못하는 것에 나는 여전히 무죄라네.
내가 가라앉을 때, 나는 무겁고 가득 찬 상태일 것.
여덟 번째 달, 지금 내 안으로 더 빈번하게
물이 스미네. 내 얼굴이 더욱 창백해 가네.
나 기도하기를, 어서 종말이 와 달라고.

6
낯선 어부들이 말하는 소리들, 무언가가 가까이 오는 것을 봤고,
가까이 오면서 사라졌다.
섬이었는가? 썩은 뗏목이었는가?

Eine Insel? Ein verkommnes Floß?

Etwas fuhr, schimmernd von Möwenkoten

Voll von Alge, Wasser, Mond und Totem

Stumm und dick auf den erbleichten Himmel los.

무언가가 왔다 갔네. 갈매기 똥이 깜박이는 듯,

해초와 물, 달과 사체(死體)로 가득한 것이

말없이 퉁퉁 불어서 하얗게 질린 하늘로 떠나갔다네.[5]

(1919년경)

Bericht vom Zeck

1

Durch unsere Kinderträume
In dem milchweißen Bett
Spukte um Apfelbäume
Der Mann in Violett.

2

Liegend vor ihm im Staube
Sah man: da saß er. Träg.
Und streichelte seine Taube
Und sonnte sich am Weg.

3

Er schätzt die kleinste Gabe
Sauft Blut als wie ein Zeck.
Und daß man nur ihn habe
Nimmt er sonst alles weg.

4

Und gabst du für ihn deine
Und anderer Freude her
Und liegst dann arm am Steine

진드기에 관한 보고

1
우윳빛 침대에서 잠들어 있는
우리 아이의 꿈을 통해
자색 옷을 걸친 남자가
사과나무 주위에 유령처럼 등장했다.

2
먼지를 쓰고 그의 앞에 누워
보게 된 것은 그가 앉아 있었다는 사실. 비스듬히.
비둘기를 쓰다듬었고
길에서 햇볕을 쬐었다는 사실.

3
가장 보잘것없는 선물이라도 소중히 여기며
진드기처럼 피를 빨아먹는다.
그는 사람들이 자기만 갖도록 하며
그 밖의 모든 것을 빼앗아 간다.

4
그리고 너는 그를 위해 너의 기쁨과
다른 이의 기쁨을 넘겨주었다.
그러고 나서 바위에 붙어 초라하게 누워 있다.

Dann kennt er dich nicht mehr.

5

Er spuckt dir gern zum Spaße
Ins Antlitz rein und guckt
Daß er dich ja gleich fasse
Wenn deine Wimper zuckt

6

Am Abend steht er spähend
An deinem Fenster dort
Und merkt sich jedes Lächeln
Und geht beleidigt fort.

7

Und hast du eine Freude
Und lachst du noch so leis ——
Er hat eine kleine Orgel
Drauf spielt er Trauerweis.

8

Er taucht in Himmelsbläue

그러면 그는 너를 더 알은척 않고.

5
그는 재미 삼아 네 얼굴에 침을 뱉고
네 눈썹이 꿈질거릴 때면
금방 너를 잡기 위해,
슬그머니 엿본다.

6
밤에는 그는 저기 네 창가에서
감시하며 서 있다가
웃음 짓는 온갖 모습을 보고는,
기분이 상해서 떠난다.

7
너는 한 가지 기쁨을 가지고 있고,
여전히 나지막이 웃는다 —
그는 작은 오르간을 가지고 있어서
그에 맞춰 슬픈 음조로 연주한다.

8
누군가 그를 비웃을 때

Wenn einer ihn verlacht
Und hat doch auch die Säue
Nach seinem Bild gemacht.

9
An keinem sitzt er lieber
Als einst am Totenbett.
Er spukt durchs letzte Fieber
Der Kerl in Violett.

푸르른 하늘로 숨는다.
자기 형상을 따라, 그렇지만
상어도 만들어 낸 그였다

9
죽음의 침대[6) 옆에 앉아 있는 것보다
더 좋아하는 것은 없다.
그 자색 옷 걸친 녀석은
마지막 열병을 통해 유령처럼 등장한다.

(1919)

2부

정신 수련

Von der Freundlichkeit der Welt

1

Auf die Erde voller kaltem Wind
Kamt ihr alle als ein nacktes Kind.
Frierend lagt ihr ohne alle Hab
Als ein Weib euch eine Windel gab.

2

Keiner schrie euch, ihr wart nicht begehrt
Und man holte euch nicht im Gefährt.
Hier auf Erden wart ihr unbekannt
Als ein Mann euch einst nahm an der Hand.

3

Und die Welt, die ist euch gar nichts schuld:
Keiner haelt euch, wenn ihr gehen wollt.
Vielen, Kinder, wart ihr vielleicht gleich.
Viele aber weinten ueber euch.

4

Von der Erde voller kaltem Wind
Geht ihr all bedeckt mit Schorf und Grind.
Fast ein jeder hat die Welt geliebt

세상의 친절함에 관하여

1
차가운 바람이 가득 부는 이 땅에
너희 아이들은 모두 벌거숭이로 왔네.
가진 것 하나 없이 추위에 떨면서 누워 있네.
그때 한 여자가 기저귀를 채워 주었지.

2
누구도 너희에게 환호하지 않았네. 너희를 열망한 적이 없네.
너희를 차에 태워 간 사람도 없었네.
여기 지상에 너희를 아는 사람은 없었네.
그때 한 남자가 너희의 손을 잡아 주었지.

3
너희들에게 아무런 책임도 지지 않는 세상,
어느 누구도 너희들이 떠나려 할 때 붙잡지 않네.
많은 이들에게, 아이들, 너흰 있으나 마나 했네,
많은 이들이 그렇더라도 너희들을 위해 울었네.

4
차가운 바람이 가득 부는 이 땅을
너희 모두는 딱지와 부스럼에 덮인 채 떠나네.
거의 누구나 이 세상을 사랑했지

Wenn man ihm zwei Hände Erde gibt.

사람들이 너희에게 두 줌의 흙을 뿌려 줄 때면.

(1921)

Über die Anstrengung

1

Man raucht. Man befleckt sich. Man trinkt sich hinüber
Man schläft. Man grinst in ein nacktes Gesicht.
Der Zahn der Zeit nagt zu langsam, mein Lieber!
Man raucht. Man geht k... Man macht ein Gedicht.

2

Unkeuschheit und Armut sind unsere Gelübde
Unkeuschheit hat oft unsere Unschuld versüßt.
Was einer in Gottes Sonne verübte
Das ist's, was in Gottes Erde er büßt.

3

Der Geist hat veruhrt die Fleischeswonne
Seit er die haarigen Hände entklaut
Es durchdringen die Sensationen der Sonne
Nicht mehr die pergamentene Haut.

4

Ihr grünen Eilande der tropischen Zonen
Wie seht ihr aus morgens und abgeschminkt!
Die weiße Hölle der Visionen

노고(勞苦)에 관하여[7]

1

담배 피우는 사람, 몸을 더럽히는 사람, 도 넘게 마시는 사람
잠자는 사람, 민낯을 향해 입을 비죽이는 사람,
시간의 이빨이 너무 더디게 갉아먹는 사람, 내 사랑이여!
담배 피우는 남자, '싸러' 가는 남자, 시(詩)를 짓는 남자.

2

분탕질과 가난이 우리의 서원(誓願)
분탕질이 종종 우리네 순결을 달콤하게 느껴지게 했지.
신의 태양 아래에서 저지르는 일
신의 대지 아래에서 회개하는 일.

3

정신이 육체의 열락을 탕진했다,
정신이 털 투성이의 손에서 손톱을 빼낸 이후
태양의 세력이 더는 양피지 같은
살갗을 뚫고 가지 못한다.

4

열대 지역, 그대들 푸른 섬
아침에 화장기 털어 낸 그대들 얼굴 모습!
환상 속의 하얀 지옥이

Ist ein Bretterverschlag, worin Regen eindringt.

5

Wie sollen wir uns, die Bräute, betören?
Mit Zobelfleischen? ah, besser mit Gin!
Einem Lilagemisch von scharfen Likören
Mit bittren ersoffenen Fliegen darin.

6

Man säuft sich hinauf bis zum Riechgewässer.
Die Schnäpse verteilt man mit schwarzem Kaffee.
Dies alles verfängt nicht, Maria, 's ist besser
Wir gerben die köstlichen Häute mit Schnee!

7

Mit zynischer Armut leichter Gedichte
Einer Bitternis mit Orangegeschmack
In Eis gekühlt! malaiisch gepichte
Haare im Auge! oh, Opiumtabak

8

In windtollen Hütten aus Nankingpapier

판자벽이다, 그 속으로 비가 밀려드는.

5
어떻게 여자들에게 매혹당할 수 있을까? 신부들이여
담비의 모피로? 아, 더 좋은 게 진이야!
보랏빛 섞인 독한 칵테일
파리가 빠져 죽어 쓰디쓴 맛.

6
얼큰하게 마시고 냄새나는 큰물까지 진입한다.
소주를 검은 커피와 함께 나눈다.
이것이 전부가 아니다. 마리아여, 더 좋은 것이
우리 멋진 피부를 눈[雪]으로 무두질하는 일!

7
쓰라린 고통의 부박한 시들에 나타나는
냉소적 빈곤, 오렌지 취향을
얼음물에 식혀라! 눈에 말레이 역청을
칠한 머리털들! 오, 아편 담배.

8
난징 종이로 만든 압도하듯 아늑한 담배,

O du Bitternisfrohsinn der Welt
Wenn der Mond, dieses sanfte, weiße Getier
Aus den kälteren Himmeln fällt!

9

O himmlische Frucht der befleckten Empfängnis!
Was sahest du, Bruder, Vollkommnes allhier?
Man feiert mit Kirsch sich sein Leichenbegängnis
Und kleinen Laternen aus leichtem Papier.

10

Frühmorgens erwacht, auf haarigen Zähnen
Ein Grinsen sich find't zwischen faulem Tabak.
Auch finden wir oft auf der Zunge beim Gähnen
Einen bitterlichen Orangengeschmack.

오 그대 세상의 쓰라린 즐거움
달, 이런 부드럽고 하얀 동물이
가뜩이나 추운 하늘에서 떨어진다면!

9
오 더러운 임신, 하늘의 과실이여!
무엇을 봤는가, 형제여, 여기서 완전한 것을?
가벼운 종이로 만든 작은 초롱을 들고
버찌로 자기 장례식을 축복하는 곳.

10
이른 아침에 깨어날 때, 이빨에 들러붙은 털
썩은 담뱃진 사이로 비죽이는 웃음.
하품할 때 종종 혓바닥에서 쓴맛의
오렌지 향을 찾아내는 우리.

(1923)

Vom Klettern in Bäumen

1

Wenn ihr aus eurem Wasser steigt am Abend ——
Denn ihr müßt nackt sein, und die Haut muß weich sein ——
Dann steigt auch noch auf eure großen Bäume
Bei leichtem Wind. Auch soll der Himmel bleich sein.
Sucht große Bäume, die am Abend schwarz
Und langsam ihre Wipfel wiegen, aus!
Und wartet auf die Nacht in ihrem Laub
und um die Stirne Mahr und Fledermaus!

2

Die kleinen harten Blätter im Gesträuche
Zerkerben euch den Rücken, den ihr fest
Durchs Astwerk stemmen müßt; so klettert ihr
Ein wenig ächzend höher ins Geäst.
Es ist ganz schön, sich wiegen auf dem Baum!
Doch sollt ihr euch nicht wiegen mit den Knien!
Ihr sollt dem Baum so wie sein Wipfel sein:
Seit hundert Jahren abends: Er wiegt ihn.

나무 오르기에 관하여

1
그대들이 저녁에 물에서 나와 오를 때 ─
그대들은 알몸이어야 할 것이다, 살갗이 틀림없이
　　부드러워지리니. ─
그대들 커다란 나무 위로 올라가라, 부드러운 바람을
　　타고서. 하늘도 창백할 것이므로.
저녁에 검은 빛을 내며 천천히 가지들을 흔드는
커다란 나무들을 찾아내라!
나무들의 잎에 묻어 밤을 기다리라
이마 주위로 악몽과 박쥐가 어른대리!

2
그대들이 나뭇가지를 단단히 받쳐 올라야 할 때
관목의 작고 딱딱한 잎사귀가,
그대들 등을 할퀴리, 그대들 그렇게 신음하듯
더 높은 가지들에 닿는 것.
나무 위에서 흔들리는 것 아주 재미있도다!
무릎을 써서 흔들어서는 안 되고!
그대들이 나무가 그렇듯 우듬지처럼 해야 되느니라
수백 년 전부터 저녁이면 나무가 우듬지를 흔들어 댄다.

(1919)

Vom Schwimmen in Seen und Flüssen

1

Im bleichen Sommer, wenn die Winde oben
Nur in dem Laub der großen Bäume sausen
Muß man in Flüssen liegen oder Teichen
Wie die Gewächse, worin Hechte hausen.
Der Leib wird leicht im Wasser. Wenn der Arm
Leicht aus dem Wasser in den Himmel fällt
Wiegt ihn der kleine Wind vergessen
Weil er ihn wohl für braunes Astwerk hält.

2

Der Himmel bietet mittags große Stille.
Man macht die Augen zu, wenn Schwalben kommen.
Der Schlamm ist warm. Wenn kühle Blasen quellen
Weiß man: ein Fisch ist jetzt durch uns geschwommen.
Mein Leib, die Schenkel und der stille Arm
Wir liegen still im Wasser, ganz geeint
Nur wenn die kühlen Fische durch uns schwimmen
Fühl ich, daß Sonne überm Tümpel scheint.

3

Wenn man am Abend von dem langen Liegen

호수와 강에서 헤엄치기에 관하여

1

창백한 여름날, 바람이 위에서
커다란 나무들의 잎사귀만 스칠 때,
강이나 연못 속에 누워야 한다,
곤들메기가 서식하는 수초처럼.
육체가 물에서 가벼워지는 법. 팔을
가볍게 물에서 하늘 쪽으로 놓아둘 때,
가벼운 바람이 갈색 나뭇가지로 잘못 알고
팔을 흔들어 주리니.

2

하늘이 한낮에 부여하는 굉장한 적요.
제비들이 날아올 때 눈을 감는다.
진흙이 따스하니 차가운 물방울이 솟아오를 때,
물고기 하나가 막 지나간 것을 안다.
나의 육체, 허벅지, 미동하지 않는 팔이
완전히 하나가 되어, 고요히 누워 있는 것
차가운 물고기들이 지나갈 때, 비로소
햇빛이 연못 위로 비추는 것을 느낀다.

3

오래 누워 밤에 긴장이 풀어져서, 그러니까

Sehr faul wird, so, daß alle Glieder beißen
Muß man das alles, ohne Rücksicht, klatschend
In blaue Flüsse schmeißen, die sehr reißen.
Am besten ist's, man hält's bis Abend aus.
Weil dann der bleiche Haifischhimmel kommt
Bös und gefräßig über Fluß und Sträuchern
Und alle Dinge sind, wie's ihnen frommt.

4

Natürlich muß man auf dem Rücken liegen
So wie gewöhnlich. Und sich treiben lassen.
Man muß nicht schwimmen, nein, nur so tun, als
Gehöre man einfach zu Schottermassen.
Man soll den Himmel anschaun und so tun
Als ob einen ein Weib trägt, und es stimmt.
Ganz ohne großen Umtrieb, wie der liebe Gott tut
Wenn er am Abend noch in seinen Flüssen schwimmt.

사지가 쑤셔 오는 때,
철퍽철퍽 모든 것을 푸른 강물 속에
딱 부러지게 던져 놓아야 하리.
밤까지 버텨 내는 것이 가장 좋은 법,
강과 수초들 위로 창백한 상어 같은 하늘이
음험하고 탐욕스럽게 나타나리니
사물들 모두가 자신에게 도움 되는 때.

4
물론 늘 그렇듯 등을 밑으로 하고
누워야 하는 법, 떠내려가게 말야.
헤엄을 치지 말고, 그래 그러니까
많은 자갈 중 하나인 듯한 자세.
하늘을 쳐다보고, 그러니까
여자가 아이를 안고 있는 자세 말야.
신이 저녁때 강에서 헤엄치는 자세,
큰 동작 전혀 없는 신의 자세.

(1919)

Lied am schwarzen Samstag in der elften Stunde der Nacht vor Ostern

1

Im Frühjahr unter grünen Himmeln, wilden
Verliebten Winden schon etwas vertiert
Fuhr ich hinunter in die schwarzen Städte
Mit kalten Sprüchen innen tapeziert.

2

Ich füllte mich mit schwarzen Asphalttieren
Ich füllte mich mit Wasser und Geschrei
Mich aber ließ dies alles kalt, mein Lieber
Ich blieb ganz ungefüllt und leicht dabei.

3

Sie schlugen Löcher wohl in meine Wände
Und krochen fluchend wieder aus von mir:
Es war nichts drinnen als viel Platz und Stille
Sie schrieen fluchend: ich sei nur Papier.

4

Ich rollte feixend abwärts zwischen Häusern
Hinaus ins Freie. Leis und feierlich
Lief jetzt der Wind schneller durch meine Wände

부활절 전야 열한 시,
검은 토요일에 부르는 노래

1

녹색 하늘 아래 봄날, 거칠고도 사랑스러운
바람들로 나는 벌써 야수화된 상태
아래쪽 검은 도시로 들어갔다.
차가운 말들로 내면을 도배한 채로.

2

검은 아스팔트 동물이 날 채웠고
물과 비명이 날 채웠다.
나를 차갑게, 그리고 부박하게 만든 것들, 사람들이여
나는 전혀 채워지지 않은 채 가벼이 머물렀다.

3

그들은 나의 벽을 뚫어 구멍을 냈고,
욕을 퍼부으며 다시 나로부터 기어 나갔다.
나의 내부에는 그저 빈 공간과 고요,
그들은 큰소리로 저주했으니, 내가 종이일 뿐이라고.

4

나는 웃긴다는 식으로, 주택 사이를 따라 뛰었고
도시 바깥으로 나왔다. 낮은 소리의, 엄숙해진
바람이 이제 더 빨리 나의 벽을 통과해 달렸다.

Es schneite noch. Es regnete in mich.

5

Zynischer Burschen arme Rüssel haben
Gefunden, daß in mir nichts ist.
Wildsäue haben sich in mir begattet. Raben
Des milchigen Himmels oft in mich gepißt.

6

Schwächer als Wolken! Leichter als die Winde!

Nicht sichtbar! Leicht, vertiert und feierlich

Wie ein Gedicht von mir, flog ich durch Himmel

Mit einem Storch, der etwas schneller strich!

여전히 눈이 내렸다. 내 안으로는 비가 내렸다.

5
냉소적인 녀석들의 가련한 코가 맡은 건,
내 안에 아무것도 없다는 것.
야생 돼지들이 내 안에서 짝짓기를 했다. 우윳빛
하늘로부터 까마귀들이 자주 내 안에 오줌을 갈겼는데.

6
구름보다 더 약하게! 바람보다 더 가벼이!
눈에 띄게 하지 않고! 내가 쓴 한 편의 시처럼
가벼이, 난폭하게, 축제인 듯 내가 하늘을 날았다,
약간 더 빠른 황새 한 마리와 더불어!

(1920년경)

59

Großer Dankchoral

1

Lobet die Nacht und die Finsternis, die euch umfangen!
Kommet zuhauf
Schaut in den Himmel hinauf:
Schon ist der Tag euch vergangen.

2

Lobet das Gras und die Tiere, die neben euch leben und
    sterben!
Sehet, wie ihr
Lebet das Gras und das Tier
Und es muß auch mit euch sterben.

3

Lobet den Baum, der aus Aas aufwächst jauchzend zum
    Himmel!
Lobet das Aas
Lobet den Baum, der es fraß
Aber auch lobet den Himmel.

4

Lobet von Herzen das schlechte Gedächtnis des Himmels!

위대한 감사송(感謝頌)

1
그대들을 둘러싼 밤과 암흑을 찬양할지어다!
다들 와서
하늘을 올려다보라.
벌써 낮은 지나가 버렸느니라.

2
그대들 가까이서 살고 죽는 풀과 동물들을 찬양할지어다!
보아라, 풀과 짐승 또한
그대들처럼 살다
그대들과 같이 죽어야만 하느니.

3
나무는 짐승의 썩은 시체들로부터 자양분을 받아 하늘로
    환호작약하며 뻗어 간다, 나무를 찬양할지어다!
짐승의 썩은 시체를 찬양하라,
그것을 먹어 치우는 나무를 찬양하라,
그리고 하늘도 찬양하라.

4
하늘의 나쁜 기억력을 진심으로 찬양할지어다!
하늘이 그대들의 이름도

Und daß er nicht

Weiß euren Nam' noch Gesicht

Niemand weiß, daß ihr noch da seid.

5

Lobet die Kälte, die Finsternis und das Verderben!

Schauet hinan:

Es kommet nicht auf euch an

Und ihr könnt unbesorgt sterben.

얼굴도 모른다는 것을, 아무도 그대들이
여기 있는 걸 모른다는 것을 찬양할지어다.

5
추위와 암흑과 몰락을 찬양할지어다![8)
위를 보아라,
그대들에게 달린 일은 없으니
그대들은 안심하고 죽으라.

(1920년경)

3부

연대기

Ballade von den Abenteurern

1

Von Sonne krank und ganz von Regen zerfressen
Geraubten Lorbeer im zerrauften Haar
Hat er seine ganze Jugend, nur nicht ihre Träume vergessen
Lange das Dach, nie den Himmel, der drüber war.

2

O ihr, die ihr aus Himmel und Hölle vertrieben
Ihr Mörder, denen viel Leides geschah
Warum seid ihr nicht im Schoß eurer Mütter geblieben
Wo es stille war und man schlief und man war da?

3

Er aber sucht noch in absinthenen Meeren
Wenn ihn schon seine Mutter vergißt
Grinsend und fluchend und zuweilen nicht ohne Zähren
Immer das Land, wo es besser zu leben ist.

4

Schlendernd durch Höllen und gepeitscht durch Paradiese
Still und grinsend, vergehenden Gesichts
Träumt er gelegentlich von einer kleinen Wiese

떠돌이꾼에 관한 발라드 [9)]

1

태양에 의해 병든, 온통 비가 뜯어먹은
쥐어뜯은 머리에 강탈한 월계관을 쓴 사내
청춘 전부를 잊었으나, 청춘의 꿈만은 잊지 않았던
오래전 지붕을 잊었으나 지붕 위의 하늘을 잊은 적 없는
    사내.

2

오 그대들, 천국과 지옥에서 추방된 그대들
고통 많이 겪은 살인자들 그대여
그대들은 왜 그대 어머니 자궁에 머물지 않았나?
평화로웠고 잠을 잤던, 원래 있던 곳.

3

어미가 벌써 사내를 잊었으나
더 잘 살 수 있는 땅을 압생트 같아 보이는 바다 위에서
여전히 찾아다니는 사내,
입을 비죽이며, 저주하며 때로 눈물만 흘리며.

4

지옥을 천천히 지나고, 낙원을 채찍질당하며 지나고
조용히, 시익 웃으며 사라져 가는 얼굴로

Mit blauem Himmel drüber und sonst nichts.

때때로 작은 초원을 꿈꾸는 사내
파란 하늘뿐, 아무것도 없는 초원을.

(1917)

Lied der drei Soldaten

1

George war darunter und John war dabei
Und Freddy ist Sergeant geworden.
Und die Armee, sie zeigt, wer sie sei
Und marschierte hinauf in den Norden.

2

Freddy war der Whisky zu warm
Und George hatte nie genug Decken.
Aber Johnny nimmt Georgie beim Arm
Und sagt: die Armee kann nicht verrecken.

3

George ist gefallen und Freddy ist tot
Und Johnny vermißt und verdorben.
Aber Blut ist immer noch rot
Und für die Armee wird jetzt wieder geworben.

병사 세 명에 관한 노래

1
조지가 저 아래 있었고, 존은 저기 있었다
프레디는 병장이 되었다.
군대, 군대가 무엇인지 보여 주는 군대가
위로, 북쪽을 향해 행진했다.

2
프레디에게 위스키가 너무 더웠고
조지에겐 늘 담요가 부족했다.
조지의 팔을 잡고 말하는 존,
없어질 수 없는 게 그러나 군대.

3
조지가 전사했고, 프레디가 결국 죽었다.
존이 실종돼서 썩은 상태.
혈액은 그러나 여전히 빨간색,
군대는 계속 신병을 모집 중.

(1924년경)

Erinnerung an die Marie A.

1

An jenem Tag im blauen Mond September
Still unter einem jungen Pflaumenbaum
Da hielt ich sie, die stille bleiche Liebe
In meinem Arm wie einen holden Traum.
Und über uns im schönen Sommerhimmel
War eine Wolke, die ich lange sah
Sie war sehr weiß und ungeheuer oben
Und als ich aufsah, war sie nimmer da.

2

Seit jenem Tag sind viele, viele Monde
Geschwommen still hinunter und vorbei
Die Pflaumenbäume sind wohl abgehauen
Und fragst du mich, was mit der Liebe sei?
So sag ich dir: Ich kann mich nicht erinnern.
Und doch, gewiß, ich weiß schon, was du meinst.
Doch ihr Gesicht, das weiß ich wirklich nimmer
Ich weiß nur mehr: ich küßte es dereinst.

3

Und auch den Kuß, ich hätt ihn längst vergessen

마리 A.에 관한 기억[10]

1

푸르른 9월 어느 날
어린 자두나무 아래서
나는 그녀를, 그 고요하고 창백한 사랑을
조용히 품에 안았다. 마치 부드러운 꿈인 듯.
우리 머리 위 아름다운 여름 하늘에는
구름 한 점 떠 있었네. 그 구름을 나는 오래 쳐다보았네
아주 하얗고 엄청 높은 곳에 있던 구름.
내가 다시 올려다보았을 땐 사라지고 없었네.

2

그날 이후 수많은 달, 수많은 세월이
조용히 흘러 흘러 사라져 갔네.
자두나무들은 아마 베어졌을 것.
사랑이 어떻게 됐느냐 그대가 물으면
기억나지 않는다고 말하리.
그대가 말한 뜻을 나는 이미 알고 있지만
정말이네, 그녀 얼굴이 생각나지 않네.
다만 그녀 얼굴에 언젠가 키스를 했다는 사실뿐.

3

그 키스도 구름이 여기 있지 않았더라면

Wenn nicht die Wolke dagewesen wär
Die weiß ich noch und werd ich immer wissen
Sie war sehr weiß und kam von oben her.
Die Pflaumenbäume blühn vielleicht noch immer
Und jene Frau hat jetzt vielleicht das siebte Kind
Doch jene Wolke blühte nur Minuten
Und als ich aufsah, schwand sie schon im Wind.

벌써 오래전에 잊었을 것이네.
내가 기억하고 있는 구름, 앞으로도 잊지 못할 구름은
아주 희었네. 위에서부터 온 것이라네.
자두나무들은 여전히 꽃을 피우고 있을지.
그녀는 일곱 번째 아이를 가지고 있을지도.
그러나 구름은 몇 분 동안만 피어올랐고
내가 올려다보았을 때 바람에 벌써 사라지고 없었네.

(1920)

Ballade von der Freundschaft

1

Wie zwei Kürbisse abwärts schwimmen
Verfault, doch an einem Stiel
In gelben Flüssen: sie trieben
Mit Karten und Worten ihr Spiel.
Und sie schossen nach den gelben Monden
Und sie liebten sich und sahn nicht hin:
Blieben sie vereint in vielen Nächten
Und auch: wenn die Sonne schien.

2

In den grünen harten Gesträuchern
Wenn der Himmel bewölkt war, der Hund
Sie hingen wie ranzige Datteln
Einander sanft in den Mund.
Und auch später, wenn die Zähne ihnen
Aus den Kiefern fieln, sie sahen nicht hin:
Blieben doch vereint in vielen Nächten
Und auch: wenn die Sonne schien.

3

In den kleinen räudigen Häusern

우정에 관한 발라드

1

두 개의 호박이 한 줄기에 매달려, 썩어서
노오란 강 하류 쪽으로
헤엄쳐 가듯, 두 친구는 카드놀이와
말놀이를 하고 있었다.
두 친구는 노오란 달을 쏘는 동작을 했다
서로 사랑했으나, 서로를 바라보진 않았다.
두 사내가 많은 밤 하나로 뭉쳐 머물렀고
태양이 비출 때도 그랬으니.

2

딱딱한 녹의(綠衣)의 관목들 숲에서
하늘에, 개 같은 하늘에 구름이 깔릴 즈음
두 친구가 발정기의 대추야자 열매처럼 서로의
입에 부드럽게 매달렸다,
나중에 이빨들이 턱 밖으로 빠져
떨어져 나갔을 때도 두 친구는 서로를 바라보지 않았다.
많은 밤 하나로 뭉쳐 머물렀는데
태양이 비출 때도 그랬으니.

3

덕지덕지한 작은 집들에서

Befriedigten sie ihren Leib

Und im Dschungel, wenn daran Not war

Hinterm Strauch bei dem gleichen Weib.

Doch am Morgen wuschen sie die Hemden

Gingen Arm in Arm fort, Knie an Knien

Vereint sie in vielen Nächten

Und auch: wenn die Sonne schien.

4

Als es kälter auf Erden wurde

Dach fehlte und Zeitvertreib

Unter anderen Schlingpflanzen lagen

Umschlungen sie da, Leib an Leib.

Wenn sie redeten in den Sternennächten

Hören sie mitunter nicht mehr hin:

Vereint sie in vielen Nächten

Und auch: wenn die Sonne schien.

5

Aber einmal kam jene Insel

Manchen Mond wohnten beide sie dort

Und als sie fort wollten beide

두 친구는 서로 육체를 만족시켰고
부족할 때면, 정글에서 관목 뒤에서
한 여자를 나눠 가졌다.
아침에는 물론 내의를 씻어 냈고
팔에 팔을, 무릎과 무릎을 맞대고 갔으니,
사내들이 많은 밤 하나로 뭉쳐 있었고
태양이 비출 때도 그랬으니.

4
지상이 점점 추워졌을 때
지붕이 없었고, 시간 때우기로
다른 분위기의 덩굴 식물 아래에 누웠고,
두 친구는 서로의 육체와 육체를 껴안았다.
별이 빛나는 밤이면 얘기를 했고
중간중간 흘려듣기도 했다.
사내들이 많은 밤 하나로 뭉쳐 있었고
태양이 비출 때도 그랬으니.

5
한 번은 섬이라는 곳에 있게 됐고,
여러 달 두 친구가 섬에 거주했으나
두 친구가 떠나고자 했을 때,

Konnte einer nimmer mit fort.

Und sie sahn nach Wind und Flut und Schiffen

Aber niemals nach dem andern hin

Vereint sie in vielen Nächten

Und auch: wenn die Sonne schien.

6

"Fahr du, Kamerad, denn ich kann nicht.

Mich frißt die Salzflut entzwei

Hier kann ich noch etwas liegen

Eine Woche noch oder zwei."

Und ein Mann liegt krank am Wasser

Und blickt stumm zu einem Manne hin

Der ihm einst vereint, in vielen Nächten

Und auch: wenn die Sonne schien.

7

"Ich liege hier gut! Fahr zu, Kamerad!"

"Laß es sein, Kamerad, es hat Zeit!"

"Wenn der Regen kommt und du bist nicht fort

Faulen wir nur zu zweit!"

Und ein Hemd weht, und im Salzwind steht ein

그중 하나가 출발할 수 없게 됐다.
두 친구가 바람과 바다, 배 쪽을 봤고
결코 상대를 보지 않았으니
사내들이 많은 밤 하나로 뭉쳐 있었고
태양이 비출 때도 그랬으니.

6
"먼저 가게 친구야, 나는 그럴 수 없으니
바닷물이 나를 두 동강 내버릴 것이니 말이지.
여기 얼마 동안 한 주 혹은 두 주를
누워 있을 수 있을 것."
친구 하나가 병들어 물가에 누워서,
말없이 다른 친구 쪽을 흘낏 보는데
한때 그와 많은 밤 뭉쳐 있었던 사내
태양이 비출 때도 그랬으니.

7
"나는 여기가 좋네! 친구, 여길 떠나게!
가만 있게나, 친구, 시간이 있네!"
"비가 와서 그대가 떠나지 못할 때는
우리 둘 다 썩어 문드러질걸!"
셔츠 하나가 바람에 나부끼고, 소금바람 속에 서 있는

Mann und blickt aufs Wasser hin und ihn

Der ihm einst vereint in vielen Nächten

Und auch: wenn die Sonne schien.

8

Und jetzt kam der Tag, wo sie schieden.

Die Dattel spuck aus, die verdorrt!

Oft sahen sie nachts nach dem Winde

Und am Morgen ging einer fort.

Gingen noch zu zweit in frischen Hemden

Arm in Arm und rauchend, Knie an Knien

Vereint sie in vielen Näechten

Und auch: wenn die Sonne schien.

9

"Kamerad, der Wind geht ins Segel!"

"Der Wind geht bis morgen früh!"

"Kamerad, ich bitte dich, binde

Mir dort an den Baum meine Knie!"

Und der andre Mann band rauchend fest ihn

Mit dem Strick an jenem Baume ihn

Der ihm einst vereint in vielen Nächten

친구 하나가 바닷물 쪽을 계속 보는데
한때 그와 아주 많은 밤 뭉쳐 있었던 사내
태양이 비출 때도 그랬으니.

8
두 친구가 이별할 날이 이제 왔다.
말라비틀어진 대추야자 열매를 뱉어 내는 날!
밤에 자주 두 친구는 바람을 살폈고,
아침에 하나가 출발한 것.
둘이 쾌적한 셔츠를 입고 팔에 팔을 잡고
담배 피우면서 무릎을 맞대고 갔더라면
둘은 많은 밤 함께 뭉쳐 있었는데,
태양이 비출 때도 그랬으니.

9
"친구, 바람이 돛 쪽으로 오고 있네!"
"바람이 새벽까지 불 거야!"
"친구여, 청하건대 내 무릎을
저기 저 나무에 묶으라!"
친구가 담배 피우면서 친구를 단단하게, 밧줄로
나무에 단단하게 묶었는데
한때 그와 많은 밤 뭉쳐 있었던 사내

Und auch: wenn die Sonne schien.

10

"Kamerad, vor dem Mond sind schon Wolken!"

"Der Wind treibt sie weg, es hat Zeit."

"Kamerad, ich sehe dir nach noch:

Von dem Baum aus sieht man weit."

Und nach Tagen, als der Strick durchbissen

Schaut er immer noch aufs Wasser hin

In den wenigen und letzten Nächten

Und auch: wenn die Sonne schien.

11

Aber jener, in vielen Wochen

Auf dem Meer, bei der Frau, im Gesträuch:

Es verblassen viele Himmel

Doch der Mann am Baum wird nicht bleich:

Die Gespräche in den Sternennächten

Arm in Arm und rauchend, Knie an Knien

Die sie stets vereint, in vielen Nächten

Und auch: wenn die Sonne schien.

태양이 비출 때도 그랬으니.

10
"친구, 달이 벌써 구름에 가려지는걸!"
"바람이 구름을 쫓아낼걸세, 시간이 있네."
"친구, 나는 여전히 자넬 보고 있을걸세,
나무 쪽에서 멀리까지 보인다네."
몇 날이 지나고 밧줄이 몸속을 파고들어 가는데
사내는 여전히 물 쪽을 바라보고 있는데
얼마 남지 않은 마지막 밤들을
태양이 비출 때도 그랬으니.

11
여러 주가 흐른 후에, 떠난 친구는
바다 위에, 여자 집에, 관목 숲에 있다.
많은 세월이 흘러 사라졌으나
나무에 묶인 친구가 사라지지 않네,
별이 빛나는 밤에 나눈 대화
팔에 팔 잡고 담배 피우며 무릎 맞대며,
많은 밤, 항상 뭉쳐 있었던 사내들인데
태양이 비출 때도 그랬으니.

(1920)

4부

마하고니 노래들

Mahagonnygesang Nr. 1

1

Auf nach Mahagonny
Die Luft ist kühl und frisch
Dort gibt es Pferd- und Weiberfleisch
Whisky und Pokertisch.
    Schöner grüner Mond von Mahagonny, leuchte uns!
    Denn wir haben heute hier
    Unterm Hemde Geldpapier
    Für ein großes Lachen deines großen dummen Munds.

2

Auf nach Mahagonny
Der Ostwind, der geht schon
Dort gibt es frischen Fleischsalat
Und keine Direktion.
    Schöner grüner Mond von Mahagonny, leuchte uns!
    Denn wir haben heute hier
    Unterm Hemde Geldpapier
    Für ein großes Lachen deines großen dummen Munds.

3

Auf nach Mahagonny

마하고니 노래 1번

1

마하고니로 가자
공기가 서늘하고 신선한 곳
말고기와 여자 고기가 있는 곳
위스키와 포커 테이블이 있는 곳
　　마하고니의 아름다운 초록의 달이여, 우리를 비추어라!
　　그럴 것이 우리는 오늘 여기 셔츠 밑에
　　너의 커다랗게 헤벌린 입에서 쏟아지는 웃음을 살
　　지폐를 갖고 있도다.

2

마하고니로 가자
동풍이 벌써 지나간 곳
신선한 고기 샐러드가 있는 곳
그러나 감독은 없는 곳
　　마하고니의 아름다운 초록의 달이여, 우리를 비추어라!
　　그럴 것이 우리는 오늘 여기 셔츠 밑에
　　너의 커다랗게 헤벌린 입에서 쏟아지는 웃음을 살
　　지폐를 갖고 있도다.

3

마하고니로 가자

Das Schiff wird losgeseilt

Die Zi-zi-zi-zi-zivilis

Die wird uns dort geheilt.

Schöne grüner Mond von Mahagonny, leuchte uns!

Denn wir haben heute hier

Unterm Hemde Geldpapier

Für ein großes Lachen deines großen dummen Munds.

닻줄을 풀라

매-매-매-매-매독은

거기에서 치료될 거다

　　마하고니의 아름다운 초록의 달이여, 우리를 비추어라!

　　그럴 것이 우리는 오늘 여기 셔츠 밑에

　　너의 커다랗게 헤벌린 입에서 쏟아지는 웃음을 살

　　지폐를 갖고 있도다.

(1925년경)

.

5부

장송곡

Der Choral vom Manne Baal

1

Als im weißen Mutterschoße aufwuchs Baal
War der Himmel schon so groß und still und fahl
Jung und nackt und ungeheuer wundersam
Wie ihn Baal dann liebte, als Baal kam.

2

Und der Himmel blieb in Lust und Kummer da
Auch wenn Baal schlief, selig war und ihn nicht sah:
Nachts er violett und trunken Baal
Baal früh fromm, er aprikosenfahl.

3

In der Sünder schamvollem Gewimmel
Lag Baal nackt und wälzte sich voll Ruh:
Nur der Himmel, aber *immer* Himmel
Deckte mächtig seine Blöße zu.

4

Alle Laster sind zu etwas gut
Und der Mann auch, sagt Baal, der sie tut.

바알 남자에 관한 찬송

1
어머니의 흰색 자궁에서 바알이 성장하고 있을 때
이미 하늘은 그토록 거대하고 조용하고 창백했다.
바알이 태어났을 때 바알이 사랑했던 하늘은
젊고 벌거벗었고 놀랄 만큼 경이로웠다.

2
바알이 잘 때나, 복이 많을 때여서 하늘을 보지 않았더라도,
하늘은 기쁨과 관심으로 거기 머물러 있었다,
밤마다 하늘은 보랏빛이었고 바알은 술에 취했다.
아침에 바알이 성결해졌을 때, 하늘은 창백한 살구 빛이었다.

3
수치스러워 하는 죄인들이 우글거리는 와중
바알은 벌거벗고 누워 아주 편안하게 몸을 뒤척였다,
하늘은 오로지, 아니 하늘은 **항상**
바알의 알몸을 감춰 주는 권세였다.

4
악덕들이 모두 너무나 좋아,
악덕을 행하는 남성도 좋아, 바알의 말이다.
악덕들이 요컨대 사람들이 원하는 것 아니냐.

Laster sind was, weiß man, was man will.
Sucht euch zwei aus: eines ist zuviel!

5

Seid nur nicht so faul und so verweicht
Denn Genießen ist bei Gott nicht leicht!
Starke Glieder braucht man und Erfahrung auch:
Und mitunter stört ein dicker Bauch.

6

Zu den feisten Geiern blinzelt Baal hinauf
Die im Sternenhimmel warten auf den Leichnam Baal.
Manchmal stellt sich Baal tot. Stürzt ein Geier drauf
Speist Baal einen Geier, stumm, zum Abendmahl.

7

Unter düstern Sternen in dem Jammertal
Grast Baal weite Felder schmatzend ab.
Sind sie leer, dann trottet singend Baal
In den ewigen Wald zum Schlaf hinab.

두 개의 악덕을 찾아내라, 하나가 너무 많으니!

5
무력하거나 연약해지지는 말자,
그럴 것이 향유(享有)가 신에게도 쉽지 않으니!
건장한 팔과 다리, 또한 경험들이 필요하거늘,
뚱뚱한 뱃가죽이 때로는 거추장스럽거든.

6
밤하늘의 별들, 바알의 주검을 기다리는
우람한 독수리를 향해 바알은 눈을 찡긋해 준다.
가끔 바알은 죽은 척한다. 독수리가 덮칠 때
말없이 저녁 만찬으로 독수리를 먹는다.

7
흐릿한 별빛 아래, 비탄의 골짜기에서
쩝쩝거리며 넓은 들판의 풀을 베어 내는 바알.
넓은 들판이 비워졌을 때, 흥얼거리며 천천히
영원의 숲 속에 들어가 잠에 빠지는 바알.

8

Und wenn Baal der dunkle Schoß hinunterzieht:
Was ist Welt für Baal noch? Baal ist satt.
Soviel Himmel hat Baal unterm Lid
Daß er tot noch grad g'nug Himmel hat.

9

Als im dunklen Erdenschoße faulte Baal
War der Himmel noch so groß und still und fahl
Jung und nackt und ungeheuer wunderbar
Wie ihn Baal einst liebte, als Baal war.

8
바알을 어두운 자궁이 끌어들일 때
바알에게 세상은 무슨 의미가 더 있을까? 바알은 만족한다.
눈썹 아래 수많은 하늘을 둔 바알
죽어서도 충분하게 하늘을 가진 바알.

9
어두운 대지의 자궁에서 바알이 썩어 갈 때
하늘이 이미 그렇게 거대하고 조용하고 창백했다.
바알이 살았을 때 바알이 사랑했던 하늘은
젊고 벌거벗었고 놀랄 만큼 경이로웠다.

(1918)

Vom ertrunkenen Mädchen

1

Als sie ertrunken war und hinunterschwamm
Von den Bächen in die größeren Flüsse
Schien der Opal des Himmels sehr wundersam
Als ob er die Leiche begütigen müsse.

2

Tang und Algen hielten sich an ihr ein
So daß sie langsam viel schwerer ward.
Kühl die Fische schwammen an ihrem Bein
Pflanzen und Tiere beschwerten noch ihre letzte Fahrt.

3

Und der Himmel ward abends dunkel wie Rauch
Und hielt nachts mit den Sternen das Licht in Schwebe.
Aber früh ward er hell, daß es auch
Noch für sie Morgen und Abend gebe.

4

Als ihr bleicher Leib im Wasser verfaulet war
Geschah es (sehr langsam), daß Gott sie allmählich vergaß
Erst ihr Gesicht, dann die Hände und ganz zuletzt ernst ihr

물에 빠져 죽은 소녀에 관하여[11]

1

그녀가 물에 빠져 죽어 개천에서
넓은 강으로 떠내려가고 있을 때,
하늘의 오팔이 매우 근사하게 그녀의 몸을 비추었다.
마치 죽은 몸을 위로하는 것 같았다.

2

해조류와 수초들이 그녀에게 엉겨 붙어
몸은 점점 무거워지고 있었다.
물고기들은 그녀의 다리 옆에서 차갑게 헤엄쳤다.
식물과 동물들이 그녀의 마지막 여행을 힘들게 하고 있었다.

3

하늘은 저녁이면 연기처럼 어두워지고
밤에는 별빛만 떠다녔지만
새벽이면 하늘은 밝아왔다. 아직 그녀를 위한
아침과 저녁이 있기라도 한 것처럼.

4

그녀의 하얀 몸이 물에서 썩고 있을 때
신이 점차 그녀를 망각하는 일이 발생했다. 천천히, 처음에는
얼굴, 다음에는 손, 마지막으로 머리카락을 잊었다.

Haar.

Dann ward sie Aas in Flüssen mit vielem Aas.

그녀는 강물 속의 썩은 고기들처럼 썩은 고기가 되었다.

(1920)

Die Ballade vom Liebestod

1

Von schwarzem Regen siebenfach zerfressen
Ein schmieriger Gaumen, der die Liebe frißt
Ein Mullstores, die wie Totenlaken nässen:
Das ist die Kammer, die die letzte ist.

2

Aussätzig die Tapeten, weiß vom Schimmel!
In Hölzer sie gepfercht, verschweißt und hart:
Wie lieblich scheinet der verschlißne Himmel
Dem weißen Paare, das sich himmlisch paart.

3

Im Anfang sitzt er oft in nassen Tüchern
Und raucht Virginias, schwarz, die sie ihm gibt
Und nützt die Zeit, ihr nickend zu versichern
Mit halbgeschlossenem Lid, daß er sie liebt.

4

Sie fülht, wie er behaart ist und so weise!
Er sieht im Schlitz des Lids den Tag verschwemmt
Und grün wie Seife wölkt sich das Gehäuse

사랑의 죽음에 관한 발라드

1

짙은 호우에 일곱 번은 뜯겨 먹히며
사랑을 잡수는, 끈적거리는 구강
주검을 위한 시트처럼, 축축해진 무명 커튼과 함께,
이곳은 침실, 마지막이 될 침실.

2

문둥병 걸린 벽지들, 곰팡이가 하얗게 폈다!
목재 재질에 빡빡하게 갇혀 단단히 엉겨 붙었다,
얼마나 사랑스럽게 빛나는지 잠겨진 하늘이,
천국인 듯 짝짓기를 하는 흰색 커플에게.

3

시작하면서 남자는 종종 축축한 수건을 두르고 앉는다,
여자가 건넨 검은 버지니아 담배를 빨면서
반쯤 감긴 눈꺼풀을 하고서는, 여자에게 고개를 끄덕이며
그가 사랑한다는 것을 확신시킬 시간을 얻는다.

4

여자는 느낀다, 남자가 털이 많고, 그만큼 지혜롭다는 것을!
남자는 눈꺼풀 틈새로 하루가 떠내려가는 것을 본다,
하늘에 비누처럼 녹색의 구름이 낀 날,

Des Himmels und ihm schwant: jetzt fault mein Hemd.

5

Sie gießen Kognak in die trocknen Leichen
Er füttert sie mit grünem Abendlicht
Und es entzünden sich schon ihre Weichen
Und es verblaßt schon mählich ihr Gesicht.

6

Sie ist wie eine halbersoffne Wiese
(Sie sind verwaist und taub, im Fleische matt!)
Er will gern schlafen, wenn sie ihn nur ließe!
Ein grüner Himmel, der geregnet hat!

7

Am zweiten Tage hüllen sie die Leichen
In steife Tücher, den verschweißten Store
Und nehmen schmierige Laken in die Weichen
Weil sie jetzt wissen, daß es sie oft fror.

8

Und ach, die Liebe ging durch sie so schneidend

좋지 않은 예감, 셔츠가 썩고 있었다.

5
마른 시체 같은 몸뚱어리에 코냑을 붓는 그들
녹색의 저녁 빛으로 여자에게 먹이를 주는 남자,
옆구리가 이미 달아오른 여자,
얼굴에 점차 핏기가 없어지는 중.

6
여자는 반쯤 물에 잠긴 풀밭 같다
(고아, 귀머거리, 빈약한 육체인 그들!)
남자는 자고 싶어 한다, 여자가 놓아주면!
녹색의 하늘이 비를 내려 줬는데!

7
둘째 날, 그들은 시체 같은 몸뚱어리를 빽빽히
들러붙은 뻣뻣한 천으로 덮는다,
더럽게 젖은 시트를 옆구리에 걸친다
자주 추위에 시달렸던 것을 이내 알기에.

8
아, 사랑이 칼로 베듯 그들을 통과해 갔다

Wie wenn Gott Hageleis durch Wasser schmiß!
Und tief in ihnen quoll, sie ganz ausweidend
Und dick wie Hefe grüne Bitternis.

9

Von Schweiß, Urin, Geruch in ihren Haaren
Sie wittern ferner nicht mehr Morgenluft.
Es kommt der Morgen wahrlich noch nach Jahren
Vertiert und grau in die Tapetengruft.

10
Ach, ihr zarter Kinderleib perlmuttern!
Holz und Liebe schlugen ihn so rauh
Schmilzt wie Holz salzflutzerschlagner Kutter
Unter Sturmflut! Gras in zuviel Tau!

11
Ach, die Hand an ihrer Brust wie gräsern!
In den Beinen schwarzer Pestgestank!
Milde Luft floß ab an Fenstergläsern
Und sie staken im verfaulten Schrank!

마치 신이 얼음우박을 물에 투척하신 듯!
그들의 깊숙한 곳 효모처럼 빵빵하게
부푼 녹색의 고뇌, 그들 내장을 들어내는 듯하다.

9
머리카락은 땀과 오줌, 악취로 절었고
그들은 앞으로 아침 향기를 맡지 못할 것.
정말 몇 년 후에 아침은 오겠지만
짐승같이, 회색빛이 벽지(壁紙) 무덤 속으로.

10
아, 여자의 어린애 같은 부드러운 몸이 진주 같다!
목재와 사랑이 남자 몸을 매우 거칠게 때린 듯
격랑 속, 바닷물에 부식된 스쿠터의 목재처럼
녹아내린다! 너무 많은 이슬로 젖은 풀밭!

11
오, 마치 풀밭인 듯 그녀 가슴에 손을!
마치 페스트의 악취를 풍기는 그녀 다리 속으로!
부드러운 대기가 유리창 옆을 흘러왔고,
두 남녀가 썩은 벽장 속에서 상앗대질한다!

12

Wie Spülicht floß der Abend an die Scheiben
Und die Gardinen räudig von Tabak.
In grünen Wassern zwei Geliebte treiben
Von Liebe ganz durchregnet, wie ein Wrack

13

Am Meergrund, das geborsten, in den Tropen
Zwischen Algen und weißlichen Fischen hängt
Und von einem Salzwind über der Fläche oben
Tief in den Wassern unten zu schaukeln anfängt.

14

Am vierten Tage, in der Früh, mit Streichen
Knirschender Äxte brachen Nachbarn ein
Und hörten Stille dort und sahen Leichen
(Und munkelten von einem grünen Schein

15

Der von Gesichtern ausgehn kann), auch roch noch
Verliebt das Bett, das Fenster borst vor Frost:
Ein Leichnam ist was Kaltes! Ach, es kroch noch

12
저녁이 개숫물처럼 창유리 쪽으로 흘러왔고,
담배 때가 덕지덕지 묻은 커튼 쪽으로 흘러왔다.
녹색의 물속을 사랑하는 연인이 떠서 간다,
난파선처럼 사랑의 빗물 흠뻑 맞으며

13
열대의 해저에서 다 깨져 나가 해초와
흰색 물고기들 사이에 걸린 난파선,
위로는 수표면에 부는 소금바람으로 기우뚱거리고
아래로는 물속 깊은 곳에서 기우뚱거리고.

14
넷째 날, 이른 새벽, 삐그덕거리는 도끼를 찍으며
이웃들이 부수고 들어왔다,
거기서 정적을 들었고, 죽은 몸뚱어리들을 보았다
(얼굴에서 뿜어 나오는 녹색 빛에 관해

15
수군거렸다), 침대는 여전히
사랑에 취한 냄새를 냈다, 유리창은 혹한에 깨져 버렸다,
시체는 차가운 어떤 것! 아, 가슴에서 여전히 기어 나오는

Ein schwarzer Faden Kälte aus der Brust.

차가운 검은색 실을 봐라.

(1921)

6부

마지막 장

Gegen Verführung

1

Laßt euch nicht verführen!
Es gibt keine Wiederkehr.
Der Tag steht in den Türen;
Ihr könnt schon Nachtwind spüren:
Es kommt kein Morgen mehr.

2

Laßt euch nicht betrügen!
Das Leben wenig ist.
Schlürft es in schnellen Zügen!
Es wird euch nicht genügen
Wenn ihr es lassen müßt!

3

Laßt euch nicht vertrösten!
Ihr habt nicht zu viel Zeit!
Laßt Moder den Erlösten!
Das Leben ist am größten:
Es steht nicht mehr bereit.

4

유혹받지 말라[12]

1

유혹받지 말라!
다시 오는 삶이란 없다.
낮은 문(門) 안에 있고
그대는 벌써 밤바람 소리를 듣는다.
다시 오는 아침이란 없다.

2

기만당하지 말라!
얼마 되지 않는 삶,
그 삶을 후룩후룩 들이켜라!
삶을 그만 내려놓아야만 할 때
삶이 그대를 만족시키지 못하리라!

3

가짜 위안을 받지 말라!
그리 많지 않은 시간!
구원받은 자한테는 곰팡내나 나게 하라!
삶이 가장 위대한 법,
삶은 준비 과정이 아닌 법.

4

Laßt euch nicht verführen!
Zu Fron und Ausgezehr!
Was kann euch Angst noch rühren?
Ihr sterbt mit allen Tieren
Und es kommt nichts nachher.

고된 노동과 쇄진(灑塵)에 이르는 길로
유혹받지 말라!
무엇이 그대를 아직 불안하게 하는가?
그대는 모든 동물들과 함께 죽을 것을.
그 다음에는 아무것도 오지 않는 것을.

(1920)

부록

Vom armen B. B.

1

Ich, Bertolt Brecht, bin aus den schwarzen Wäldern.
Meine Mutter trug mich in die Städte hinein
Als ich in ihrem Leibe lag. Und die Kälte der Wälder
Wird in mir bis zu meinem Absterben sein.

2

In der Asphaltstadt bin ich daheim. Von allem Anfang
Versehen mit jedem Sterbsakrament:
Mit Zeitungen. Und Tabak. Und Branntwein.
Mißtrauisch und faul und zufrieden am End.

3

Ich bin zu den Leuten freundlich. Ich setze
Einen steifen Hut auf nach ihrem Brauch.
Ich sage: Es sind ganz besonders riechende Tiere
Und ich sage: Es macht nichts, ich bin es auch.

4

In meine leeren Schaukelstühle vormittags
Setze ich mir mitunter ein paar Frauen
Und ich betrachte sie sorglos und sage ihnen:

불쌍한 B. B.에 관하여[13]

1
나 베르톨트 브레히트는 검은 숲 출신.
내가 아직 어머니의 몸에 있을 때
어머니가 나를 이 도시로 데려왔다네. 내가 죽을 때까지
숲의 냉기가 몸 안에 남아 있게 된다네.

2
아스팔트 도시가 나의 집이라네. 매번
신문과 담배와 브랜디들로
종부성사를 치르는 곳.
불신과 게으름, 종국에는 만족이 지배하는 곳.

3
나는 사람들에게 친절하다네. 그들의 관습대로
나는 중절모 하나를 쓰고 다닌다네.
나는 아주 특별히 냄새나는 동물들이 있다고,
그러나 상관없다고, 나도 그중 하나라고 말한다네.

4
오전, 나의 비어 있는 흔들의자에 가끔
몇 명의 여자들을 앉게 한다네,
나는 그들을 무심하게 바라보며 말한다네,

In mir habt ihr einen, auf den könnt ihr nicht bauen.

5

Gegen Abend versammle ich um mich Männer
Wir reden uns da mit 'Gentlemen' an.
Sie haben ihre Füße auf meinen Tischen
Und sagen: Es wird besser mit uns. Und ich frage nicht: Wann?

6

Gegen Morgen in der grauen Frühe pissen die Tannen
Und ihr Ungeziefer, die Vögel, fängt an zu schrein.
Um die Stunde trink ich mein Glas in der Stadt aus und
    schmeiße
Den Tabakstummel weg und schlafe beunruhigt ein.

7

Wir sind gesessen, ein leichtes Geschlechte
In Häusern, die für unzerstörbar galten
(So haben wir gebaut die langen Gehäuse des Eilands
    Manhattan
Und die dünnen Antennen, die das Atlantische Meer
    unterhalten).

내 몸 안에는 그대들이 믿을 수 없는 것이 있다고.

5
저녁, 나는 주위에 남자들을 모은다네.
우리는 서로 '젠틀맨'이라고 호칭한다네.
남자들은 내 책상에 발을 올려놓고 말하네,
좋아질 거야. 나는 '언제?' 라고 되묻지 않네.

6
아침, 아직 회색빛이 감돌 때 전나무들이 오줌을 싸고
그들의 해충, 새들이 소리치기 시작하네.
이쯤 나는 도시에서 잔을 마저 비우고 담배꽁초를
던져 버리고, 불안하게 잠든다네.

7
파괴될 수 없을 것이라고 생각한 집에
앉아 있는 우리들, 부박(浮薄)한 족속들.
(우리는 맨해튼 섬에 고층 건물들을 세웠으며
대서양을 떠받치는 가느다란 안테나들을 세웠다.)

8
이 도시들로부터 남게 될 것은 도시를

8

Von diesen Städten wird bleiben: der durch sie hindurchging,
    der Wind!
Fröhlich machet das Haus den Esser: er leert es.
Wir wissen, daß wir Vorläufige sind
Und nach uns wird kommen: nichts Nennenswertes.

9

Bei den Erdbeben, die kommen werden, werde ich hoffentlich
Meine Virginia nicht ausgehen lassen durch Bitterkeit
Ich, Bertolt Brecht, in die Asphaltstädte verschlagen
Aus den schwarzen Wäldern in meiner Mutter in früher Zeit.

가로질러 가는 바람뿐이라네!
기쁘게 집은 식사하는 사람을 만들고, 식사하는 사람은
　　집을 비운다네.
우리는 알고 있다네, 우리는 잠정적이며
우리 뒤에 이렇다 할 것이 오지 않으리라는 것을.

9
지진이 왔을 때 내가 희망하는 것은
침통함으로 버지니아 담배를 끄지 않는 것.
나 베르톨트 브레히트는 어쩌다 검은 숲에서
아스팔트 도시로 흘러들어 왔네.
일찍이 어머니의 몸 안에 있을 때.

(1922)

1) 「마태복음」 6장 28절 후반부는 다음과 같다. "들의 백합화가 어떻게 자라는가
    생각하여 보라. 수고도 아니 하고 길쌈도 아니 하느니라." 브레히트의 이
    시편은 한 인간을 돌봐주지 않고 아펠뵈크처럼 야생 그대로 자라게 했을 때
    어떤 일이 일어나게 되는지에 대한 패러디이다. 혹은(이것이 더 낫다.) 예수의
    말씀대로 아무것도 안 하고 오로지 믿음만으로 살 때 어떤 결과를 낳는지에
    대한 패러디이다.(브레히트는 아펠뵈크를 "들의 백합화"에 비유했다.)

2) 11절에 나타난 우유배달 아줌마의 '방백'에서 이른바 '중단'에 의한
    것으로서 '낯설게 하기'(혹은 생소화 효과, Verfremdungseffekt)를 말할
    수 있다. 이른바 거리 두기에 의한 '일깨움'이다. 생소화 효과가 문학적
    긴장(시적 긴장)을 깨는 낯선 목소리라고 할 때 이는 19세기 초기 '낭만적
    아이러니'와 비견된다. 낭만적 아이러니 역시 문학적 긴장을 깨는(혹은
    의미의 정박을 늦추는) 낯선 목소리라 할 수 있기 때문이다. 브레히트의
    서사적 생소화 효과와 19세기 전반부 낭만주의의 낭만적 아이러니가 다른
    것은 후자가 무한성과 관계하고, 전자가 주로 단발성과 관계한다는 점에서
    그렇다. '낭만적 아이러니'의 화자는 의미의 정박을 무한하게 늦추는 것에
    관여하고, 브레히트의 서사적 자아는 의미의 정박을 일회적으로 늦추는
    것에 관여한다. 낭만적 아이러니는 낭만주의의 이념인 무한성 구현에
    복무하고, 브레히트의 서사적 자아는 변증법적 문학의 방법론으로서
    '변증법적' 인식의 구현에 복무한다. 낭만적 아이러니는 요컨대 화자에게
    무한한 자유를 부여한다. 브레히트의 작품에서 낭만적 자아를 말할 때 이는
    전지적 시점을 가능하게 하는 서사적 자아에 관해서이다. 역사적으로 볼 때,
    낭만주의의 낭만적 자아(낭만적 아이러니)가 먼저 가고, 브레히트의 서사적
    자아가 그 뒤를 따른 것은 분명하다. 후자는 서사적 연극으로 구현됐고,
    전자는 '우주적 문학'으로 구현됐다.(낭만적 아이러니의 영향을 미학적
    차원에서 말할 때 이는 서사적 자아, 혹은 '개념예술적 자아'의 등장에
    관해서이다.) 낭만적 자아와 서사적 자아는 모두 헤겔의 용어로서 '주관적
    유머'의 자장권에 있다. 낭만적 아이러니는 모더니즘의 여러 기술적 차원과
    연결되며 브레히트의 생소화 효과를 그중 하나로 말하게 한다. 서사적
    자아에 의한 생소화 효과를 넓은 의미에서 니체-호프만스탈-소쉬르를 잇는
    파편적 글쓰기에 의한 것이라 말할 때 이 또한 주관적 유머와 관련이 있다.

3) 「영아 살해자 마리 파라르에 관하여」 이하 여러 시편들에서 주목되는

구조는 각 절마다 똑같거나 비슷한 내용의 후렴구가 있다는 점이다. "그대들에게 청하노니, 분노하지 말기를, / 피조물은 모든 피조물의 도움이 필요하다네." 후렴구 역시 중단에 의한 거리 두기를 목표로 하고 거리 두기에 의한 변증법적 인식을 목적으로 한다. 후렴구는 서사극(변증법적 연극), 혹은 서사 작품에서 연출자, 혹은 화자가 하는 역할과 같다. 후렴구의 내용이 관객에게 향해 있지, '문학' 내부의 어떤 등장인물에 특별히 향해 있는 것이 아니라는 점 또한 강조되어야 한다.

4) 서사적 자아가 직접 모습을 드러냈다. 드라마에서는 연출자에 의한 드라마 개입으로서 연출자가 드라마에 직접 모습을 드러낸 경우이다.

5) 시점의 변경 또한 변증법적 시(詩), 서사적 시(詩)에서 자주 나타나는 특성 중 하나이다. 브레히트가 이탤릭체로 쓴 6절의 관점이 1절부터 5절까지 드러난 관점과 다르다. 5절까지의 화자는 의인화된 관점으로서 "나" 곧 "배"였다. 6절의 관점에는 우선 "낯선 어부들"을 불러온 점에서 주석적 서술시점(전지적 서술시점)의 관점이 있고, 다음 낯선 어부들이 말하는 것을 기록하는 삼인칭 서술시점의 관점이 있다. 관점의 이동은 서사적 작품에서나 가능하다. 시 「배」에서 보았듯 서사적 작품에서는 이를테면 삼인칭 서술시점과 주석적 서술시점의 혼효가 가능하다. 바흐친이 '다양한 목소리(heteroglossia)'가 우선적으로 가능한 곳을 도스토예프스키의 작품에서 찾았을 때, 이것은 서사 작품에 나타나는 다양한 등장인물들이 보여 주는 다양한 목소리에 관한 것이었다. 바흐친은 다양한 목소리를 서사 작품에 한정시켰으나, 브레히트의 생소화 효과(혹은 소외효과)에 의해 '서사적' 시 작품에서도 다양한 목소리가 가능한 것이 확인되었다. 이런 시점의 변경은 「영아 살해자 마리 파라르에 관하여」 6절에서 모범적으로 제시된다.

6) "진드기"는 성직자에 대한 은유이다. 시 전체가 기독교 비판이 그 내용인 '알레고리 구조'를 취하고 있다. 『가정기도서』 안에 브레히트는 니체주의자로서 여러 반기독교적 시편들을 담았다. 반(反)기독교적 태도가 매우 노골적이다. 바로 다음의 「세상의 친절함에 관하여」, 「위대한 감사송(感謝頌)」 「바알 남자에 관한 찬송」, 「유혹받지 말라」 등이 여기에 포함된다. '죽음의 침대를 가장 좋아하는 성직자'에서 니체의 영향을 말하지 않기가 곤란하다. 주지하다시피 니체의 주저 중 하나인 『차라투스트라는 이렇게 말했다』에서 성직자는 죽음을 속삭이는 '죽음의 사제', 죽음을 팔러 다니는 '죽음의 상인'으로 간주되었다. '죽음'을 내세워(3절, 4절, 6절 등) '삶'를 부정하고 원한을 부추기는 성직자들의 모습에서 '니체'를 말하지 않기가 곤란하다. "그는 사람들이 자기만 갖도록 하며/ 그 밖의 모든 것을

빼앗아 간다." 그리고 "너는 그를 위해 너의 기쁨과/ 다른 이의 기쁨을 넘겨
주었다." 등에서 니체와 브레히트를 구분하기가 쉽지 않다.

7)   『가정기도서』의 여러 시편들에서 주목되는 것이 자본주의 생활양식
      비판의 표상으로서 '비죽이다', '냉소를 흘리다'라는 뜻의 '아주 낯선'
      동사 'grinsen' 및 이의 파생어들의 아주 빈번한 등장이다. 'grinsen' 및
      이의 파생어인 현재분사 'grinsend', 명사 'Grinsen', 그리고 이와 인접
      관계에 있는 어휘인 'Kälte(추위)', 'zynisch(냉소적인)' 등이 『가정기도서』
      시편 전반에 걸쳐 등장한다. 'grinsen'의 빈번한 출현은 『가정기도서』가
      근본적으로 '세상에 대한 야유'라는 것을 지시한다. 「노고(勞苦)에
      관하여」 번역시편에서 '비죽이다'는 "비죽이는 사람"(1절) 및 "비죽이는
      인간"(10절)으로 변용되었다. 'grinsen'의 중요한 역할로서, 많은 시편들에서
      이 동사를 통해 자본주의적 생활양식(혹은 소외양식)을 구현(?)하면서
      동시에 비판적 거리를 두는 전지적 화자의 관점을 관철시킨 것 또한
      강조되어야 한다. 부르주아 생활양식에 대한 것으로서 '비죽이는 모습'이
      '페르소나로서 브레히트' 자신을 향할 때 이것은 흔히 양가감정이 병존하는
      표상인 모순어법(Oxymoron)으로 나타난다. "쓴맛의/ 오렌지 향"(10절)이
      말하는 것이 그것이고, 8절의 "쓰라린 즐거움"도 이에 해당한다. 자본주의적
      생활양식에 대한 양가감정의 병존은 뒤에 오는 「떠돌이꾼에 관한 발라드」
      3절의 "입을 비죽이며, 저주하며 때로 눈물만 흘리며"에서도 잘 드러난다.
      브레히트의 『가정기도서』 일부에서 자본주의적 생활양식은 마치
      '벗어나고는 싶으나 남 주기는 아까운' 그런 것으로 나타난다. 「노고(勞苦)에
      관하여」는 자본주의적 흥청망청한 생활양식을 노골적으로 드러낸다는
      점에서 나중에 등장하는 연작시 형태의 '마하고니 노래들'(이 책에서는
      「마하고니 노래 1번」)과 상호 유비이다.

8)   찬양의 대상이 "살고 죽은 풀과 동물들", "짐승의 썩은 시체", "하늘의 나쁜
      기억력", 무엇보다 "추위와 암흑과 몰락"들이다. 대지의 철학과 '악덕의
      철학'을 니체주의의 중요한 관점주의로 말할 때 「위대한 감사송(感謝頌)」 역시
      니체와 브레히트가 구별 안 되는 '곳'에 있다.

9)   "떠돌이꾼"이 주요 등장인물이다. 『가정기도서』에서는 사회 주변부 인물들인
      살인자, 떠돌이꾼, 낙오자, 동성애자, 무엇보다 넓은 의미의 하층민이 주요
      등장인물이다.(여기 수록하지는 않았지만 살인을 저지르기도 했던 프랑스
      시인 프랑수아 비용(François Villon)에 관한 시도 있다.) 콜린 윌슨의 용어
      '아웃사이더'를 말할 때, 여기 등장하는 인물들 또한 그에 관해서이다.

10)   마리(마리 A.)는 브레히트가 뮌헨 대학에 입학하기 전인 아우구스부르크

시절에 사귀던 마리 로제 아만(Marie Rose Aman)을 가리킨다. '청소년 시절의 사랑'이다. 원래 제목은 「감성적 노래 1004번(Sentimentales Lied No. 1004)」이었다. 1004는 돈 주앙이 그의 스페인 수첩에 써 놓은 '여성 1003'보다 하나 많은 수. 이후 브레히트의 여성 편력을 스스로 예견했다. 다음은 브레히트의 조력자 중 한 명으로서 같이 망명을 떠났던 베를라우(Ruth Berlau)의 시 「약점」이다. "그대에게는 약점이 없었소/ 내게 하나 있었소/ 내가 사랑했다는 것."

11) 주지하다시피 『햄릿』에서 오필리아가 물속으로 들어가 죽은 이후 많은 시인들이 '오필리아'를 노래했다. 특히 랭보의 「오필리아」 이후 많은 표현주의 시인들이 오필리아를 모티브로 다루었다. 게오르크 하임(Georg Heym)의 「오필리아」가 있고, 고트프리트 벤(Gottfried Benn)의 「아름다운 청춘」이 있고, 파울 체히(Paul Zech)의 「익사체」가 있다. 브레히트의 「물에 빠져 죽은 소녀에 관하여」 역시 오필리아를 모티브로 한 시라고 할 수 있다.(혹은 '오필리아 콤플렉스'의 시라고 할 수 있다.) 이러한 시들은 여성, 물, 죽음 등 오필리아 콤플렉스의 구성 요소를 충족시키고 있다. 브레히트의 이 시는 그 이상이다. 인간에 관한 모독(오로지 '몸으로서의 존재')에 이어 신에 관한 모독으로 이어지고 있다. 망각하는 신은 더 이상 신이 아니다.

12) 브레히트가 『가정기도서』에서 가장 중요한 시로 간주했다. 『가정기도서』의 '종장(終章)'은 「유혹받지 말라」 단 한 편의 시로 구성되었는데 브레히트는 독자가 『가정기도서』 중 어떤 것을 먼저 읽더라도 마무리는 이 시로 할 것을 권유했다. 모든 예배가 주기도문으로 끝나는 것처럼 말이다. 이 시에는 『가정기도서』를 관류하는 브레히트의 핵심 사상이 들어가 있다. 물론 니체주의자로서 브레히트가 우선 고려되어야 한다. 니체주의자로서 브레히트를 말할 때 이것은 우선 '대지에 대한 전면적 긍정'에 관한 것이다. 호라티우스가 문학예술의 기능을 '웃음으로 진실을 말하는 것', 즉 '즐거움' 및 교화(敎化)에 두었지만 브레히트의 이 시는 '교화'에 치중하고 있는 것으로 보이며, 교훈시라고 할 수 있다. 브레히트는 그의 대부분의 변증법적 연극(교훈극, 서사극)이 그랬듯이 독자를 인식(혹은 계몽)시키려고 한다. "유혹받지 말라", "기만당하지 말라", "가짜 위안을 받지 말라."라고 요구(?)하는 구절들이 마치 교사가 학생들을 훈시하는 어조처럼 들린다.

13) 『가정기도서』가 브레히트의 첫 시집인 만큼 자전적 요소가 많이 들어가 있으나, 그중에서 특히 자전적 이력이 잘 드러난 시가 「불쌍한 B. B.에 관하여」이다. 브레히트(1898~1956)의 '시적 이력서(Lyrischer Lebenslauf)'라고 부를 만하다.

뮌헨 대학교 철학과 시절
1917년

동베를린 국립대학교에서 교수를 지냈던 작곡가 한스 아이슬러와 함께
1931년

두 번째 아내 헬레네 바이겔과 함께
1939년

베르톨트 브레히트
1935년

시인으로서의 브레히트

박찬일

브레히트는 극작가/연출가이자 소설가이고 시인이었다.
그중에서 극작가로서 유명했다. 독일어권 무대공연 횟수에서
셰익스피어를 앞질렀을 정도이다. 「갈릴레이의 생애」(1938),
「사천의 선인」(1938-1940), 「억척어멈과 그 자식들」(1939), 「푼틸라
씨와 그의 하인 마티」(1940), 「코카서스의 백묵원」(1944-1945) 등
이른바 서사극으로 유명했다. 브레히트의 연극은 한국에서도
소개되었는데, 우리나라에서 소개가 늦어진 것은 그의
마르크스주의 이력 때문이었다. 그는 루카치와 함께 불온하다고
여겨진 대표적인 인물이었다. 그의 연극 대본 및 연극 이론서는
지하에서 읽혔다. 한국에서 변혁의 시대로 불리던 1980년대는
좌우충돌의 시대였지만, '해빙의 시대'이기도 했다. 그동안
금기시되어 온 많은 책들이 출판되었다. 루카치와 브레히트가
뒤늦은 전성기를 맞은 것이다. 1980년대 후반을 거치면서
브레히트의 시 작품도 일부 소개되었지만, '사회 전복적 시'에
한정해서 다뤄졌다.

독일어권에서 '시인으로서의 브레히트'에 관한 조명은
브레히트 사후에 이루어졌고, 무엇보다 현실 사회주의에 금이
가기 시작하면서부터 본격적으로 다뤄졌다. 그러나 브레히트
시 문학의 중요성은 일찍부터 제기되었다. 쿠르트 투홀스키는
1928년 브레히트의 『가정기도서』를 촌평하면서 다음과 같은
말로 끝을 맺었다. "현재 독일에서 살아 있는 가장 위대한 시인은
고트프리트 벤과 베르톨트 브레히트이다." 1940~50년대에

브레히트가 주로 극작가로서 언급되고 있을 때 한나 아렌트는
"베르톨트 브레히트가 가장 위대한 서정시인이라는 것을
의심하지 않는다."라고 평했다. 발터 힝크 역시 1978년 "마침내
브레히트 시의 시대가 도래하였다."라고 선언했다. 브레히트 시의
시대를 확장시킨 계기는 1988년에 발간되기 시작한 '브레히트
신전집' 덕분이었다. 많은 양의 시가 재발견되었으며, 약 2300여
편의 시가 집대성되었다. 연극 및 기타 장르들에 끼워져 변용된
시를 포함하면 2500여 편에 육박한다. 극작가 브레히트가 아닌
시인 브레히트의 시대가 개막한 것이다. 이제 '시인으로서의
브레히트'에 대해 새로이 조명되어야 할 것이다.

몰락하는 시대의 예술

박찬일

　　브레히트(1898-1956)는 마르크스주의자였다. 그의 서사극(혹은 변증법적 연극)은 줄곧 세상을 변혁하려는 목적을 지녔다. 그의 문학은 목적문학의 대명사이자, 앙가주망(engagement)의 대명사였다. 그는 문학의 사용가치를 일관되게 강조했다. 그런데 브레히트가 니체(1844-1900)의 영향권 안에 있었다면 어떨까? 이는 사실이다. 브레히트가 마르크스주의의 세례를 받기 이전에 쓴, 정확하게는 1916년부터 1925년까지 쓴『가정기도서』의 많은 시편들은 니체주의자로서의 면모를 보여 준다. 많은 선배 표현주의자들이 니체의 영향을 받은 것처럼 청년 브레히트 역시 니체의 영향에서 자유로울 수 없었다. 상대성이론에 기대어 말할 때, 상대적 관점에 의한 고찰은 실증주의적 접촉 여부와 상관없이, 그러니까 실증주의적 접촉을 포함하는 실증주의적 '사실' 여부와 상관없이 매우 유효한 관점이다.『가정기도서』는 하이데거의『존재와 시간』과 같은 해(1927)에 출판되기도 했다. 인용(모자이크)에 의한 글쓰기를 다룬 벤야민의 주저『독일 비애극의 원천』은 1928년에 출판되었다.『가정기도서』의 시편들을 청년 브레히트가 시로 작성한 존재철학이라고 부르는 이유가 여기에 있다.

표현주의와『가정기도서』의 형식

　　『가정기도서』는 문학사적으로 표현주의의 자장 안에 있다. 여기서 표현주의란 '표현주의적 경향'을 말하는 것이 아니라,

20세기 초엽의 이른바 '역사적 표현주의'를 가리킨다. 후기
표현주의 극시에 나타난 인물들이 대개 긍정적 인물이었던 반면,
『가정기도서』에 나타난 군상들은 요청에 의한 것으로서 부정적
인물들 일색이었다. 「노고(勞苦)에 관하여」, 「우정에 관한 발라드」,
「사랑의 죽음에 관한 발라드」 등 발라드 시편에서 두드러진
특성으로, 이들은 보들레르의 '대도시 시'에 나타난 추의 미학을
훨씬 능가한다. 『가정기도서』는 전통적인 체험시가 아닌 역할시를
통해 새로운 군상과 그들의 행위를 매우 독특하게 펼쳐 보인다.

> 분탕질과 가난이 우리의 서원(誓願)
> 분탕질이 종종 우리네 순결을 달콤하게 느껴지게 했지.
> 신의 태양 아래에서 저지르는 일
> 신의 대지 아래에서 회개하는 일.
> ——「노고(勞苦)에 관하여」에서

> 덕지덕지한 작은 집들에서
> 두 친구는 서로 육체를 만족시켰고
> 부족할 때면, 정글에서 관목 뒤에서
> 한 여자를 나눠 가졌다.
> ——「우정에 관한 발라드」에서

> 짙은 호우에 일곱 번은 뜯겨 먹히며
> 사랑을 잡수는, 끈적거리는 구강
> 주검을 위한 시트처럼, 축축해진 무명 커튼과 함께,
> 이곳은 침실, 마지막이 될 침실.
> ——「사랑의 죽음에 관한 발라드」에서

칸트가 초월적 변증론으로 제시한 '신(神)-세계-자아[영혼]'
이념의 증명 불가능성에 대(對)해 브레히트는 나름대로 '신-세계-

자아[영혼]' 이념에 문제를 제기하고 그에 대한 답변을 시도한다. 칸트가 도덕 형이상학을 정립하기 위해『순수이성비판』 마지막 '초월적 방법론'에서 신 이념을 끌어들인 것에 반해, 브레히트는 기독교적-시민적 도덕가치를 무력화하기 위해 신 이념을 불러들였다.『가정기도서』는 기독교적 신 이념의 부인에 충실하다. 좁은 의미의 영혼 이념 부인에 충실하며, 기독교적-시민적 세계 이념을 부인함으로써 세계 이념을 부인하는 데에도 충실하다. 또한 묻기도 답하기도 곤란한 '신-세계-영혼' 이념에 대해 단언적으로 부인하는 태도를 취한다는 점에서『가정기도서』는 니체의 영향하에 있다. 니체야말로 묻기 곤란하고 대답하기 곤란한 전통적 형이상학의 문제들을 진지하게 제기하고, '신-세계-영혼'을 부정했기 때문이다. 니체와 브레히트는 반기독교, 반부르주아, 반제국주의라는 면에서 일치한다.『가정기도서』를 쓰던 당시에 브레히트는 당대 현실의 반기독교적, 반시민적, 반사회적 인물들에 주목했다. 브레히트의 작품 세계에서 새로운 인간형을 말할 수 있다면, 그것은 『가정기도서』이후의 시편들부터이다. 반파시즘 운동이 구원인 인간형에서, 혹은 '마르크스주의 운동'이 구원인 인간형에서 니체의 초인간과는 분명히 다른 '브레히트적' 새로운 인간형을 말하게 된다. 브레히트의『가정기도서』단계에서 부정의 변증법에 충실한 시작(詩作) 태도를 말할 수 있다. 부정을 부정으로 노출시키면서, 이를테면 악을 선으로 호도하지 않고 악을 있는 그대로 나타나게 한다.

　브레히트의『가정기도서』에 나타난 표현주의적 특징을 '몰락하는 시대의 몰락하는 문학'이라는 관점에서 보면 보다 더욱 분명해진다. 리글(Alois Riegl)에서 보링어(Wilhelm Worringer)로 이어지는 예술의욕(Kunstwollen) 개념에 부응하는 것으로서 『가정기도서』의 시편들은 '몰락하는 시대의 예술은 몰락하는 예술을 욕구한다.'는 격률을 정확히 상기시킨다. 몰락은 1차

세계대전 이후 전성기 표현주의 시대 부르주아 시민사회의
몰락이자, 부르주아 시민사회의 몰락을 넘어 서구 시민사회의
몰락을 의미한다. 사실 몰락하는 시대란 1차 세계대전 전후에
국한되지 않는다. 1920년대, 소위 '황금의 20년대' 역시 몰락하는
시대였다.(황금의 20년대는 1933년의 나치 집권으로 이어지고, 이것은 또한
1939년 2차 세계대전까지 이어진다.)『가정기도서』의 시편을 몰락하는
시대의 몰락하는 예술이라 말할 때, 이것은 몰락하는 시대의
군상들이 등장인물로 나타나는 것을 의미한다. 무엇보다 형식에
관한 것으로서 전통적 '상호 긴장관계에 의한 시편들'이 아닌,
마치 몽타주처럼 파편적으로 나열한 '파편적 글쓰기에 의한
시'를 포함한다. 『가정기도서』 전체가 몰락하는 시대의 몰락하는
인물들로 구성된 거대한 몽타주이자 콜라주인 것이다.

　브레히트의『가정기도서』의 기본 태도는 루터의
『가정기도서』에 대한 패러디라는 점을 드러낸다. 제목을
『가정기도서』라고 한 점 말고도 맨 앞에 '시인의 말'을 대신하는
것으로「각 과들을 위한 사용 안내」를 두고 있다는 점, 본문을
'기원 행렬', '정신 수련', '연대기', '마하고니 노래들', '장송곡' 등의
제목을 가진 다섯 개의 과(課)와 종장(終章) 및 부록들로 구성한
점, 시의 제목 대부분을 "~에 관하여"라는 형태를 취한 점, 시의
각 연마다 번호를 붙인 점 등에서 루터의『가정기도서』를 따른다.
그러나 내용은 신성모독적이고 반(反)도덕적이라는 점에서
정반대이다. 형식이 모방되었고 내용은 변용되었다는 점에서,
그리고 원전에 대한 풍자적 비판이라는 점에서『가정기도서』는
전형적인 패러디 시집으로 평가된다.

　주목되는 것은 브레히트의 일관된 예술관인 '문학의
사용가치'가『가정기도서』에서 이미 천명되었다는 사실이다. 종장
및 부록까지 총 일곱 개의 과로 구성된 시집『가정기도서』를
읽을 독자들에게 브레히트는 다음과 같이 말한다. 서문, 그러니까
'시인의 말'이라고 해야 할 곳을 '각 과들을 위한 사용 안내'라고

명명한 곳에서 말이다.(이 책의 프롤로그 참조.)

브레히트(『가정기도서』)와 니체

브레히트가 마르크스의 영향만 받은 것은 아니다. 브레히트의 내재적 문학에서 중요한 축을 차지하는 것이 신 없는 세계의 존재론, 즉 신을 부정하는 것에 관해서다. 특히 청년 브레히트에게 존재론이란 주로 기독교 비판, 요컨대 무신론에 대한 것이다. 기독교 비판에 의한 무신론적 존재론이 초기 극에 펼쳐져 있고, 특히 브레히트의 첫 시집 『가정기도서』에 잘 담겨 있다. 『가정기도서』에는 마르크스로의 전향 이전에 니체의 영향하에 놓인 브레히트를 엿볼 수 있다.

물질 앞에서의 평등을 강조한 마르크스에게 프롤레타리아 혁명이 구원이었다면, 신의 죽음에 의한 영원한 죽음에 처한 상태, 곧 절대적 니힐리즘에 처한 상태를 직시한 니체에게(초인간 사상 및 영원회귀 사상으로 대변되는) 존재 혁명이 구원이었다. 『가정기도서』에서는 마르크스적 의미의 평등 이념보다는 니체적 의미의 유일신 없는 시대의 존재론적 위기상황을 더 잘 발견할 수 있다. 혹은 신 없는 시대, 신이 부정되는 시대의 존재론으로서 진정한 존재론의 모색을 말하는 편이 낫다.

니체적 의미의 존재론적 위기상황은 언급했듯 그 표상이 기독교 비판이다. 기독교 비판은 우선 신에 대한 직접적 비판, 이를테면 하늘의 나쁜 기억력을 문제 삼는 신성모독(혹은 피조물로서 인간에 대한 모독)으로 나타난다(「배」, 「호수와 강에서 헤엄치기에 관하여」, 「위대한 감사송(感謝頌)」, 「물에 빠져 죽은 소녀에 관하여」 등).

> 하늘의 나쁜 기억력을 진심으로 찬양할지어다!
> 하늘이 그대들의 이름도

얼굴도 모른다는 것을, 아무도 그대들이
여기 있는 걸 모른다는 것을 찬양할지어다!
　　──「위대한 감사송(感謝頌)」에서 [강조는 필자]

그녀의 하얀 몸이 물에서 썩고 있을 때
신이 점차 그녀를 망각하는 일이 발생했다. 천천히,
처음에는 얼굴, 다음에는 손, 마지막으로 머리카락을
잊었다.
　　그녀는 강물 속의 썩은 고기들처럼 썩은 고기가 되었다.
　　　──「물에 빠져 죽은 소녀에 관하여」에서 [강조는 필자]

　또한 기독교 비판은 신성모독의 연장 선상에 있는 성직자
비판으로 나타났고(「진드기에 관한 보고」), 니체의 자발적 몰락
의지 철학과 대비되는 몰락을 찬양하는 것으로 나타났다(「배」,
「노고(勞苦)에 관하여」, 「위대한 감사송(感謝頌)」, 「바알 남자에 관한
찬송」, 「유혹받지 말라」).
　기독교 비판은 또한 니체의 대지철학, 즉 '대지'에 대한
무한한 긍정과 유비되는 현세적 삶에 대한 무한한 긍정으로
나타났다(「노고(勞苦)에 관하여」, 「바알 남자에 관한 찬송」,
「유혹받지 말라」). 이는 나아가 악덕 예찬으로까지 이어진다.
'자발적 몰락의지'로 표상되는 니체의 몰락 예찬에 부수적으로
따르는 것으로 정욕, 자아욕, 지배욕 등을 용인할 것을
구체적으로 적시한다(『차라투스트라는 이렇게 말했다』의 「세
가지 악덕에 관하여」 장 참조)
　주목할 만한 점은 브레히트가 니체의 악덕 예찬뿐만 아니라
비정상적인 삶(혹은 비도덕적인 삶)을 다양한 삶의 일부로서
용인하는 태도를 보여 준 점이다(「아펠뵈크 혹은 들의 백합화」,
「영아살해자 마리 파라르에 관하여」, 「떠돌이꾼에 관한 발라드」,
「바알 남자에 관한 찬송」, 「우정에 관한 발라드」, 「사랑의 죽음에

관한 발라드」).『가정기도서』에서 니체 철학과 유관한 여러
양상들을 말할 수 있더라도 여러 시편들에서 강한 염세주의-
강한 니힐리즘뿐만이 아닌, 약한 염세주의-약한 니힐리즘을 말할
수 있는 것 또한 사실이다.

『가정기도서』의 일반적 내용은 몰락과 죽음의 보편성에 관한
기록이라고 볼 수 있는 것이다. 특히 '물'과 관련된 여러 시편들이
몰락과 죽음에 속수무책으로 내맡겨진 상황을 보여 준다는
점에서 약한 염세주의와 약한 니힐리즘을 떠올리게 한다.

「유혹받지 말라」의 구절 "얼마 되지 않는 삶,/ 그 삶을
후룩후룩 들이켜라!", 그리고 「바알 남자에 관한 찬송」의
"바알"과 "알몸"에 주목함으로써 이들이 비극적 세계 인식을
넘어 원초적 본능이 주도하는 게스투스, '활력주의의
게스투스'로서 작용한다. 바알에게 의미가 있는 것은 '지금-
여기', 곧 '대지로서의 하늘'이다. 현세 부정/내세 용인이 아니라
내세 부정/현세 용인의 자세를 분명히 하는 것이다. 마지막
행 "죽어서도 충분하게 하늘을 가진 바알"은 현세 긍정/현세
향유의 극치이다. 활력주의로서 존재론이 정치적일 수 있는 것은
부르주아 자본주의의 경제공학적 셈법에 대한 무관심 때문이다.
무관심을 무시하는 태도, 즉 그것에 대한 간접적 비판으로 보는
것이다.

세계시인선 13   검은 토요일에 부르는 노래

1판 1쇄 펴냄 2016년 5월 19일
1판 3쇄 펴냄 2024년 7월 22일

지은이   베르톨트 브레히트
옮긴이   박찬일
발행인   박근섭, 박상준
펴낸곳   (주)민음사

출판등록   1966. 5. 19. (제16-490호)
주소   서울시 강남구 도산대로1길 62
           강남출판문화센터 5층 (06027)
대표전화   02-515-2000   팩시밀리 02-515-2007

www.minumsa.com

ⓒ 박찬일, 2016. Printed in Seoul, Korea

ISBN   978-89-374-7513-9 (04800)
        978-89-374-7500-9 (세트)